U0115008

水滸傳

册八

施耐庵 著

北京聯合出版公司

［seal］

第一百六回　書生談笑卻強敵　水軍汩沒破堅城

話説宋江分撥人馬，水陸并進，船騎同行。陸路分作三隊，前隊衝鋒破敵驍將一十二員，管領兵馬一萬，那十二員：

董平　秦明　徐寧　索超　張清　瓊英　孫安　卞祥　馬靈　唐斌
文仲容　崔埜

後隊彪將一十四員，管領兵馬五萬爲合後。那十四員：

黃信　孫立　韓滔　彭玘　單廷珪　魏定國　歐鵬　鄧飛　燕順　馬麟
陳達　楊春　周通　楊林

中隊宋江、盧俊義，統領將佐九十餘員，軍馬十萬，殺奔山南軍來。前隊董平等兵馬已到隆中山北五里外扎寨，探馬報來説：『王慶聞知我兵到了，特于這隆中山北麓，新添設雄兵二萬，令勇將賀吉、縻貹、郭矸、陳贇統領兵馬，在那裏鎮守。』董平等聞報，隨即計議，教孫安、卞祥，領兵五千伏于左，馬靈、唐斌領兵五千伏于右，『祇聽我軍中炮響，一齊殺出』。

這裏分撥才定，那邊賊衆已是搖旗擂鼓，祇喊篩鑼，前來搦戰。兩軍相對，旗鼓相望，南北列成陣勢，各用强弓硬弩，射住陣脚。賊陣裏門旗開處，賊將縻貹出馬當先，頭頂鋼盔，身穿鐵鎧，弓彎鵲畫，箭插雕翎，臉横紫肉，眼睁銅鈴，擔一把長柄開山大斧，坐一高頭卷毛黃馬，高叫道：『你們這伙是水窪小寇，何故與宋朝無道昏君出力，來到這裏送死！』宋軍陣裏，鼉鼓喧天，急先鋒索超驟馬出陣，大喝道：『無端造反的强賊，敢出穢言！待俺劈你一百斧！』揮着金蘸斧，拍馬直搶縻貹。那縻貹也掄斧來迎。兩軍迭聲吶喊，二將搶到垓心，兩騎相交，雙斧并舉，鬥經五十餘合，勝敗未分。那賊將縻貹，果是勇猛！宋軍陣裏霹靂火秦明，見索超不能取勝，舞着狼牙

棍，驟馬搶出陣來助戰，賊將陳贇舞戟來迎，四將在征塵影裏，殺氣叢中，正鬥到熱鬧處，祇聽得一聲炮響，孫安、卞祥領兵從左邊殺來，賊將賀吉分兵接住厮殺；馬靈、唐斌領兵從右邊殺來，賊將郭矸分兵接住厮殺。宋陣裏瓊英驟馬出陣，暗拈石子，覷定陳贇，祇一石子飛來，正打着鼻凹，陳贇翻身落馬。秦明趕上，照頂門一棍，連頭帶盔，打個粉碎。那左邊孫安與賀吉鬥到三十餘合，被孫安揮劍斬于馬下。右邊唐斌也刺殺了郭矸。縻貹見衆人失利，架住了索超金蘸斧，撥馬便走。索超、孫安、馬靈等驅兵追趕掩殺，賊兵大敗。

衆將追趕縻貹，剛剛轉過山嘴，被賊人暗藏一萬兵馬在山背後叢林裏，賊將耿文、薛贊領兵搶出林來，與縻貹合兵一處，回身衝殺過來。縻貹當先，宋陣裏文仲容要幹功勛，挺槍拍馬，來鬥縻貹。戰鬥到十合之上，被縻貹揮斧，將文仲容砍爲兩截。崔埜見砍了文仲容，十分惱怒，躍馬提刀，直搶縻貹。二將鬥過六七合，唐斌拍馬來助。縻貹看見有人來助戰，大喝一聲，祇一斧，將崔埜斬于馬下，搶來接住唐斌厮殺。

這邊張清、瓊英見折了二將，夫婦兩個并馬雙出，張清拈取石子，望縻貹飛來。那縻貹眼捷手快，將斧祇一撥，一聲響亮，正打在斧上，火光爆散，將石子撥下去了。瓊英見丈夫石子不中，忙取石子飛去。縻貹見第二個石子飛來，把頭一低，鐺的一聲，正打在銅盔上。宋陣裏徐寧、董平見二個石子都打不中，徐寧、董平雙馬并出，一齊并力殺來。縻貹見衆將都來，隔住唐斌的槍，撥馬便走。唐斌緊緊追趕，却被賊將耿文、薛贊雙出接住，被縻貹那厮跑脱去了。衆將祇殺了耿文、薛贊，殺散賊兵，奪獲馬匹、金鼓、衣甲甚多。董平教軍士收拾文仲容、崔埜二人尸首埋葬。唐斌見折了二人，放聲大哭，親與軍士殯殮二人。董平等九人已將兵馬屯扎在隆中山的南麓了。

次日，宋江等兩隊大兵都到，與董平等合兵一處。宋江見折了二將，十分淒慘。用禮祭奠畢，與吳用商議攻城之策。吳用、朱武上雲梯，看了城池形勢，下來對宋江道：『這座城堅固，攻打無益，且揚示攻打之意，再看機會。』宋江傳令，教一面收拾攻城器械，一面差精細軍卒，四面偵探消息。

不說宋江等計議攻城，却說縻貹那廝，衹領得二三百騎，逃到山南州城中。守城主將，却是王慶的舅子段二。王慶聞宋朝遣宋江等兵馬到來，加封段二爲平東大元帥，特教他到此鎮守城池。當下縻貹來參見了，訴說宋江等兵勇將猛，折了五將，全軍覆没，特來懇告元帥，借兵報仇。原來縻貹等是王慶差出來的，因此說借兵。段二聽說大怒道：『你雖不屬我管，你的覆兵折將的罪，我却殺得你！』喝叫軍士綁出，斬訖來報。衹見帳下閃出一人來禀道：『元帥息怒，且留着這個人。』段二看時，却是王慶撥來帳前參軍左謀。段二道：『却如何饒他？』左謀道：『某聞縻貹十分驍勇，連斬宋軍中二將。宋江等真個兵强將勇，衹可智取，不可力敵。』段二道：『怎麽叫做智取？』左謀道：『宋江等糧草輜重，都屯積宛州，從那邊運來。聞宛州兵馬單弱，元帥當密差的當人役，往均、鞏二州守城將佐處，約定時日，教他兩路出兵，襲宛州之南，我這裏再挑選精兵，就着縻將軍統領，教他幹功贖罪，馳往襲宛州之北。宋江等聞知，恐宛州有失，必退兵去救宛州。乘其退走，我這裏再出精兵，兩路擊之，宋江可擒也。』段二本是個村濔漢，那曉得什麽兵機，今日聽了左謀這段話，便依了他，連忙差人往均、鞏二州約會去了。隨即整點軍馬二萬，令縻貹、闕翥、翁飛三將統領，黑夜裏悄地出西門，掩旗息鼓，一齊投奔宛州去了。

却說宋江正在營中思算攻城之策，忽見水軍頭領李俊入寨來禀說：『水軍船隻，已都到城西北漢江、襄水兩處屯扎。小弟特來聽令。』宋江留李俊在帳中，略飲幾杯酒，有偵探軍卒來報，說城中如此如此，將兵馬去襲宛州去了。宋江聽罷大驚，急與吴用商議。吴用道：『陳安撫及花將軍等俱有膽略，宛州不必憂慮。衹就這個機會，一定要破他這座城池。』便向宋江密語半晌。宋江大喜，即授密計與李俊及步軍頭領鮑旭等二十員，帶領步兵二千，至夜密隨李俊去了不題。

再說賊將縻貹等引兵已到宛州，伏路小軍報入宛州來。陳安撫教花榮、林冲領兵馬二萬，出城迎敵。二將領兵，方出得城，又有流星探馬報將來說：『縻貹等約會均州賊人，均州兵馬三萬，已到城北十里外了。』陳瓘再教吕方、郭盛領兵馬二萬，出北門迎敵去了。未及一個時辰，又有飛報說道：『鞏州賊人季三思、倪慴等統領兵馬三萬，殺奔到西門來。』衆人都相顧錯愕道：『城中衹有宣贊、郝思文二將，兵馬雖有一萬，大半是老弱，如何守御？』當有聖手書生蕭讓道：『安撫大人，不必憂慮，蕭某有一計。』便迭着兩個指頭，向衆人道：『如此如此，賊衆可破。』陳瓘以下衆人，都點頭稱善。陳瓘傳令，教宣贊、郝思文挑選强壮軍士五千，伏于西門内，待賊退兵，方可出擊。二將領計去了。陳瓘再教那些老弱軍士，不必守城，都要將旗旛掩倒，衹聽西門樓上炮響，却將旗幟一齊舉竪起來。衹許在城内走動，不得出城，分撥已定，陳安撫教軍士扛抬酒饌，到西門城樓上擺設。陳瓘、侯蒙、羅戩隨即上城樓，笑談劇飲，叫軍士大開了城門，等那賊兵到來。

多樣時，那賊將季三思、倪慴領着十餘員偏將，雄糾糾氣昂昂地殺奔到城下來。望見城門大開，三個官員，一個秀才，于城樓上花堆錦簇，大吹大擂地在那裏吃酒，四面城垣上，旗幡影兒也不見一個。季三思疑訝，不敢上前。倪慴道：『城中必有準備，我們當速退兵，勿中他詭計。』季三思急教退軍時，衹聽得城樓上一聲炮響，喊聲振天，鼓聲振地，旌旗無數的在城垣内來往。賊兵聽了主將說話，已是驚疑，今見城中如此，不戰自亂。城内宣贊、郝思文領兵殺出城來，賊兵大敗，弃下金鼓、旗旛、兵戈、馬匹、衣甲無數，斬首萬餘。季三思、倪慴都被亂軍所殺。其餘軍士，四散亂竄逃生。

宣贊、郝思文得勝，收兵回城，陳安撫等已到帥府去了。北路花榮、林冲已殺了闕翥、翁飛二將，殺散賊兵，單單衹走了縻貹，收兵凱還，方欲進城，聽說又有兩路賊兵到來，西路兵已賴蕭讓妙計殺退了，南路吕方、郭盛正與賊將鏖戰，林冲、花榮驅兵助戰，殺得賊兵星落雲散，七斷八續，斬獲甚多。當日三路賊兵，死者三萬餘人，傷者無算。衹見尸横郊野，血滿田疇。林冲、花榮、吕方、郭盛都收兵入城，與宣贊、郝思文一同來到帥府獻捷。陳瓘、侯蒙、羅戩，俱各大喜，稱贊蕭讓之妙策、花榮等衆將之英雄。衆將喏喏連聲道：『不敢。』陳安撫大排

筵席，宴賞將士，犒勞三軍，標寫蕭讓、林沖等功勞，緊守城池，不在話下。

再說段二差縻貹等軍兵出城後，次夜，段二在城樓上眺望宋軍。此時正是八月中旬望前天氣，那輪幾望的明月，照耀得如白晝一般。段二看見宋軍中旗幡亂動，徐徐地向北退去。段二對左謀道：『想是宋江知道宛州危急，因此退兵。』左謀道：『一定是了！可急點鐵騎出城掩擊。』段二教錢儐、錢儀二將，整點兵馬二萬，出城追擊宋兵，二將遵令去了。段二向西望時，衹見城外襄水，一派月色水光，潺潺溶溶，相映上下。那宋軍的三五百隻糧船，也漸漸望北撐去。

那段二平日擄掠慣了，今夜看見許多糧船，又没有什麼水軍在上，每船隻有六七個水手，在那裏撐駕，便叫放開西城水門，令水軍總管諸能，統駕五百隻戰船，放出城來，搶劫糧船。宋軍船上望見，連忙將船泊攏岸來，那船上水手，都跳上岸去。那邊諸能撐駕戰船上前，衹聽得宋軍船幫裏一棒鑼聲響，放出百十隻小漁艇來，每船上二人劃槳，三四人執着團牌標槍，樸刀短兵，飛也似殺將來。諸能叫水軍把火炮火箭打射將來。那漁艇上人，抵敵不住，發聲喊，都跳下水裏去了。賊兵得勝，奪了糧船。諸能叫水手撐駕進城。剛放得一隻進城，城內傳出將令來，須逐隻搜看，方教撐進城來，諸能叫軍士先將那撐進來的那隻船搜看。十數個軍士一齊上船來，揭那艎板，卻似一塊木板做就的，莫想揭動分毫。諸能大驚道：『必中了奸計！』忙教斧鑿撬打開來看。『那些城外的船，且莫撐進來。』說還未畢，衹見城外後面三四隻糧船，無人撐駕，卻似順着潮水的，又似使透順風的，自蕩進來。

諸能情知中計，急要上岸時，水底下鑽出十數個人來，都是口銜着一把蓼葉刀，正是李俊、二張、三阮、二童這八個英雄。賊兵急待要用兵器來搠時，那李俊一聲胡哨，那四五隻糧船內暗藏的步軍頭領，從板下拔去梢子，推開艎板，大喊一聲，各執短兵搶出來。卻是鮑旭、項充、李衮、李逵、魯智深、武松、楊雄、石秀、解珍、解寶、龔旺、丁得孫、鄒淵、鄒潤、王定六、白勝、段景住、時遷、石勇、凌振等二十個頭領，并千餘步兵，一齊發作，奔搶上岸，砍殺賊人。賊兵不能攔擋，亂竄奔逃。諸能被童威殺死，城裏城外，戰船上水軍，被李逵等殺死大半，河水通紅。李俊等奪了水門，當下鮑旭等那伙大蟲，護衛凌振施放轟天子母號炮，分頭去放火殺人。城中一時鼎沸起來，呼兄喚弟，覓子尋爺，號哭振天。

段二聞變，急引兵來策應，正撞着武松、劉唐、楊雄、石秀、王定六這一伙。段二被王定六向腿上一樸刀搠翻，活捉住了。魯智深、李逵等十餘個頭領搶至北門，殺散守門將士，開城門，放吊橋。那時宋江兵馬，聽得城中轟天子母炮響，勒轉兵馬殺來，正撞着錢儐、錢儀兵馬，混殺一場。錢儐被卞祥殺死；錢儀被馬靈打翻，被人馬踏爲肉泥。三萬鐵騎，殺死大半。孫安、卞祥、馬靈等領兵在前，長驅直入，進了北門。衆將殺散賊兵，奪了城池，請宋先鋒大兵入城。

此時已是五更時分，宋江傳令，先教軍士救滅火焰，不許殺害百姓。天明出榜安民，衆將都將首級前來獻功。王定六將段二綁解來，宋江差軍士押解到陳安撫處發落。左謀被亂兵所殺。其餘偏牙將士，殺死的甚多，降伏軍士萬餘。宋江令殺牛宰馬，賞勞三軍將士，標寫李俊等諸將功次，差馬靈往陳安撫處報捷，并探問賊兵消息。馬靈遵令去了兩三個時辰，便來回復道：『陳安撫聞報，十分歡喜。隨自爲表，差人賫奏朝廷去了。』馬靈又說蕭讓却敵一事，宋江驚道：『倘被賊人識破，奈何？終是秀才見識。』宋江發本處倉廪中米粟，賑濟被兵火的百姓，料理諸項軍務已畢。宋江正與吳用計議攻打荆南郡之策，忽接陳安撫奉樞密院札文，轉行文來說：『西京賊寇縱橫，摽掠東京屬縣，着宋江等先蕩平西京，然後攻剿王慶巢穴。』陳安撫另有私書說樞密院可笑處。

宋江、吳用備悉來意，隨即計議分兵：一面攻打荆南，一面去打西京。當有副先鋒盧俊義及河北降將，俱願領兵到西京，攻取城池。宋江大喜，撥將佐二十四員，軍馬五萬，與盧俊義統領前去。那二十四員將佐：

副先鋒盧俊義

副軍師朱武

楊志　徐寧　索超　孫立　單廷珪　魏定國　陳達　楊春　燕青　解珍

解寶　鄒淵　鄒潤　薛永　李忠　穆春　施恩

河北降將

喬道清　馬靈　孫安　卞祥　山士奇　唐斌

盧俊義即日辭別了宋先鋒，統領將佐軍馬，望西京進征去了。宋江令史進、穆弘、歐鵬、鄧飛，統領兵馬二萬，鎮守山南城池。宋江對史進等說道：『倘有賊兵至，祇宜堅守城池。』宋江統領衆多將佐，兵馬八萬，望荆南殺奔前來，但見那槍刀流水急，人馬擻風行。正是：旌旗紅展一天霞，刀劍白鋪千里雪。

畢竟荆南又是如何攻打，且聽下回分解。

第一百七回　宋江大勝紀山軍　朱武打破六花陣

話説宋江統領將佐軍馬，殺奔荆南來，每日兵行六十里下寨，大軍所過地方，百姓秋毫無犯。戎馬已到紀山地方屯扎。那紀山在荆南之北，乃荆南重鎮。上有賊將李懷管領兵馬三萬，在山上鎮守。那李懷是李助之侄，王慶封他做宣撫使。他聞知宋江等打破山南軍，段二被擒，差人星夜到南豐，飛報王慶、李助知會説：『宋兵勢大，已被他破了兩個大郡。目今來打荆南，又分調盧俊義兵將，往取西京。』李助聞報大驚，隨即進宫，來報王慶。内侍傳奏入内裏去，傳出旨意來説道：『教軍師俟候着，大王即刻出殿了。』李助等候了兩個時辰，内裏不見動静。李助密問一個相好的近侍，説道：『大王與段娘娘正在廝打得熱鬧哩！』李助問道：『爲何大王與娘娘廝鬧？』近侍附李助的耳説道：『大王因段娘娘嘴臉那個，大王久不到段娘娘宫中了，段娘娘因此着惱。』李助又等了一回，有内侍出來説道：『大王有旨，問軍師還在此麽？』李助道：『在此鵠候！』内侍傳奏進去。少傾，祗見若干内侍宫娥，簇擁着那王慶出到前殿升坐。

李助俯伏拜舞畢，奏道：『小臣侄兒李懷申報來説，宋江等將勇兵强，打破了宛州、山南兩座城池。目今宋江分撥兵馬，一路取西京，一路打荆南。伏乞大王發兵去救援！』王慶聽罷大怒道：『宋江這伙是水窪草寇，如何恁般猖獗？』隨即降旨，令都督杜壆管領將佐十二員，兵馬二萬，到西京救援。又令統軍大將謝宇，統領將佐十二員，兵馬二萬，救援荆南。二將領了兵符令旨，挑選兵馬，整頓器械。那僞樞密院分撥將佐，僞轉運使龔正運糧草，接濟二將，辭了王慶，各統領兵將，分路來援二處，不在話下。

且説宋江等兵馬，到紀山北十里外扎寨屯兵，準備衝擊。軍人偵探賊人消息的實回報。宋江與吴用計議了，對衆將説道：『俺聞李懷手下，都是勇猛的將士。紀山乃荆南之重鎮。我這裏將士兵馬，雖倍于賊，賊人據險，我處山之陰下，爲敵所囚。那李懷狡猾詭譎，衆兄弟厮殺，須看個頭勢，不得尋常看視。』于是下令：『將軍入營，即閉門清道，有敢行者誅，有敢高言者誅。軍無二令，二令者誅。留令者誅。』傳令方畢，軍中肅然。宋江教戴宗傳令水軍頭領李俊等，將糧食船隻，須謹慎提防，陸續運到軍前接濟。差人打戰書去，與李懷約定次日決戰。宋先鋒傳令，教秦明、董平、呼延灼、徐寧、張清、瓊英、金鼎、黄鉞，領兵馬二萬，前去厮殺。教焦挺、鬱保四、段景住、石勇，率領步兵二千，斬伐林木，極廣吾道，以便戰所。分撥已定，宋江與其餘衆將，俱各守寨。

次日五更造飯，軍士飽餐，馬食芻料，平明合戰。李懷統領偏將馬勥、馬勁、袁朗、滕戣、滕戡，兵馬二萬，衝殺下來。這五個人，乃賊中最驍勇者，王慶封他做虎威將軍。當下賊兵與秦明等兩軍相對。賊兵排列在北麓平陽處，山上又有許多兵馬接應。當下兩陣裏旗號招展，兩邊列成陣勢，各用强弓硬弩，射住陣脚，鼉鼓喧天，彩旗迷日。賊陣裏門旗開處，賊將袁朗驟馬當先，頭頂熟銅盔，身穿團花綉羅袍，烏油對嵌鎧甲，騎一匹卷毛烏騅，赤臉黄鬚，九尺長短身材，手持兩個水磨煉鋼撾，左手的重十五斤，右手的重十六斤，高叫道：『水窪草寇，那個敢上前來納命！』宋陣中河北降將金鼎、黄鉞，要幹頭功，兩騎馬一齊搶出陣來，喝罵道：『反國逆賊，何足爲道！』金鼎舞着一把潑風大刀，黄鉞拈渾鐵點鋼槍，驟馬直搶袁朗。那袁朗使着兩個鋼撾來迎，三騎馬丁字兒擺開厮殺。三將鬥過三十合，袁朗將撾一隔，撥轉馬便走。金鼎、黄鉞馳馬趕去，袁朗霍地回馬，金鼎的馬稍前。金鼎正掄刀砍來，袁朗左手將撾望上一迎，鐺的一聲，那把刀口砍缺。金鼎收刀不迭，早被袁朗右手一鋼撾，把金鼎連盔透頂，打的粉碎，撞下馬來。黄鉞馬到，那根槍早刺到袁朗前心。袁朗眼明手快，將身一閃，黄鉞那根槍刺空，從右軟脅下過去。袁朗將左臂抱了那把撾，右手順勢將槍杆挾住，望後一扯，黄鉞直跌入懷來。袁朗將右手攔腰抱住，捉過馬來，擲于地上。衆兵發聲喊，急搶出來，捉入陣去了。那匹馬直跑回本陣來。

宋陣裏霹靂火秦明，見折了二將，心中大怒，躍馬上前，舞起狼牙棍，直取袁朗，袁朗舞撾來迎。兩個戰到五十餘合，宋陣中女將瓊英，驟放銀鬃馬，挺着方天畫戟，頭戴紫金點翠鳳冠，身穿紅羅挑綉戰袍，袍上罩着白銀嵌金細甲，出陣來助秦明。賊將滕戣，看見是女子，拍馬出陣，大笑道：『宋江等真是草寇，怎麼用那婦人上陣？』滕戣舞着一把三尖兩刃刀，接住瓊英厮殺。兩個鬥到十合之上，瓊英將戟分開滕戣的那口刀，撥馬望本陣便走。滕戣大喝一聲，驟馬趕來。瓊英向鞍鞽邊綉囊中，暗取石子，扭轉柳腰，覷定滕戣，衹一石子飛來，正中面門，皮傷肉綻，鮮血迸流，翻身落馬。瓊英霍地回馬趕上，復一畫戟，把滕戣結果。

滕戡看見女將殺了他的哥哥，心中大怒，拍馬搶出陣來，舞一條虎眼竹節鋼鞭，來打瓊英。這裏雙鞭將呼延灼縱馬舞鞭，接住厮殺。衆將看他兩個本事，都是半斤八兩的，打扮也差不多。呼延灼是衝天角鐵幞頭，銷金黄羅抹額，七星打釘皂羅袍，烏油對嵌鎧甲，騎一匹踢雪烏騅。滕戡是交角鐵幞頭，大紅羅抹額，百花點翠皂羅袍，烏油戧金甲，騎一匹黄鬃馬。呼延灼衹多得一條水磨八棱鋼鞭。兩個在陣前，左盤右旋，一來一往，鬥過五十餘合，不分勝敗。那邊秦明、袁朗兩個，已鬥到一百五十餘合。賊陣中主帥李懹，在高阜處看見女將飛石利害，折了滕戣，即令鳴金收兵。秦明、呼延灼見賊將驍勇，也不去追趕。袁朗、秦明，兩家各自回陣。賊兵上山去了。

秦明等收兵回到大寨，説賊將驍勇，折了金鼎、黄鉞，若不是張將軍夫人，却不是挫了我軍鋭氣。宋江十分煩惱，與吴學究計議道：『似此怎麼打得荆南？』吴用迭着兩個指頭，畫出一條計策，説道：『衹除如此如此。』宋江依允。當下唤魯智深、武松、焦挺、李逵、樊瑞、鮑旭、項充、李衮、鄭天壽、宋萬、杜遷、龔旺、丁得孫、石勇十四個頭領，同了凌振，帶領勇捷步兵五千，乘今夜月黑時分，各披軟戰，用短兵、團牌、標槍、飛刀，抄小路到山後行事。衆將遵令去了。

次早，李懹差軍下戰書，宋江與吴用商議。吴用道：『賊人必有狡計。魯智深等已是深入重地，可速準備交戰。』宋江批：『即日交戰。』軍人持書上山去了。宋江仍命秦明、董平、呼延灼、徐寧、張清、瓊英爲前部，統領兵馬二萬，弓弩爲表，盾戟爲裏，戰車在前，騎兵爲輔，前去衝擊。教黄信、孫立、王英、扈三娘整頓兵馬一萬，在營侯候。李應、柴進、韓滔、彭玘整頓兵馬一萬，也在營中侯候：『聽吾前軍號炮，你等從東西兩路，抄到軍前。』再教關勝、朱仝、雷横、孫新、顧大嫂、張青、孫二娘，統領馬步軍兵二萬，屯扎大寨之後，防備賊人救兵到來。分撥已定，宋江同吴用、公孫勝親自督戰，其餘將佐守寨。是日辰牌時分，吴用上雲梯觀看，山形險峻，急教傳令軍馬，再退後二里列陣，好教兩路奇兵做手脚。

這裏列陣才完，紀山賊將李懹，統領袁朗、滕戡、馬勥、馬勁四個虎將，二萬五千兵馬。滕戡教軍士用竹竿挑着黄鉞首級，押着衝陣的五千鐵騎。軍士都頂深盔，披鐵鎧，衹露着一雙眼睛；馬匹都帶重甲，冒面具，衹露得四蹄懸地。這是李懹咋日見女將飛石，打傷了一將，今日如此結束，雖有矢石，那裏甲護住了。那五千軍馬，兩個弓手，夾輔一個長槍手，衝突下來。後面軍士，分兩路夾攻攏來。宋江抵當不住，望後急退。宋江忙教把號炮施放。早被他射傷了推車的數百軍士，幸有戰車當住，因此鐵騎不能上前。車後雖有騎兵，不能上前用武。

正在危急，衹聽得山後連珠炮響，被魯智深等這伙將士，爬山越嶺，殺上山來。山寨裏賊兵，衹有五千老弱，一個偏將，被魯智深等殺個罄盡，奪了山寨。李懹等見山後變起，急退兵時，又被黄信等四將、李應等四將，兩路抄殺到來。宋江又教銃炮手打擊鐵騎，賊兵大潰。魯智深、李逵等十四個頭領，引着步兵，于山上衝擊下來，殺得賊兵雨零星散，亂竄逃生。可惜袁朗好個猛將，被火炮打死。李懹在後，被魯智深打死。馬勁、滕戡被亂兵所殺，衹走了馬勥一個。奪獲盔甲、金鼓、馬匹無算。三萬軍兵，殺死大半。山上山下，尸骸遍滿。宋江收兵，計點兵士，也折了千餘。因日暮，仍扎寨紀山北。

次日，宋江率領兵將上山，收拾金銀糧食，放火燒了營寨，大賞三軍將士，標寫魯智深等十五人并瓊英功次，督兵前進。過了紀山，大兵屯扎荆南十五里外，與軍師吴用計議，調撥將士，攻打城池，不在話下。

話分兩頭。回文再説盧俊義這支兵馬，望西京進發，逢山開路，遇水填橋。所過地方，寶豐等處賊將武順等，香花燈燭，獻納城池，歸順天朝。盧俊義慰撫勸勞，就令武順鎮守城池，因此賊將皆感泣，傾心露膽，弃邪歸正。自此，盧俊義等無南顧之憂，兵馬長驅直入。不則一日，來到西京城南三十里外，地名伊闕山屯扎。探聽得城中主帥是僞宣撫使龔端與統軍奚勝，及數員猛將，在那裏鎮守。那奚統軍曾習陣法，深知玄妙。盧俊義隨即與朱武計議，當用何策取城。朱武道：『聞奚勝那厮，頗知兵法，一定要來鬥敵。我兵先布下陣勢，待賊兵來，慢慢地挑戰。』盧俊義道：『軍師高論極明。』隨即遣調軍馬，向山南平坦處排下循環八卦陣勢。

等候間，祇見賊兵分作三隊而來，中一隊是紅旗，左一隊是青旗，右一隊是紅旗，三軍齊到。奚勝見宋軍排成陣勢，便令青紅旗二軍，分在左右，扎下營寨。上雲梯看了宋兵是循環八卦陣，奚勝道：『這個陣勢，誰不省得？待俺排個陣勢驚他。』令衆軍擂三通畫鼓，竪起將臺，就臺上用兩把號旗招展，左右列成陣勢已了，下將臺來，上馬令首將哨開陣勢，到陣前與盧俊義打話。那奚統軍怎生結束，但見：

金盔日耀噴霞光，銀鎧霜鋪吞月影。絳徵袍錦綉攢成，黄鞓帶珍珠釘就。抹緑靴斜踏寶鐙，描金鞊隨定絲鞭。陣前馬跨一條龍，手内劍横三尺水。

奚勝勒馬直到陣前，高聲叫道：『你擺循環八卦陣，待要瞞誰？你却識得俺的陣麽？』盧俊義聽得奚勝要鬥陣法，同朱武上雲梯觀望。賊兵陣勢，結三人爲小隊，合三小隊爲一中隊，合五中隊爲一大隊，外方而内圓，大陣包小陣，相附聯絡。朱武對盧俊義道：『此是李藥師六花陣法。藥師本武侯八陣，裁而爲六花陣。賊將欺我這裏不識他這個陣，不知就我這個八卦陣，變爲八八六十四，即是武侯八陣圖法，便可破他六花陣了。』盧俊義出到陣前喝道：『量你這個六花陣，何足爲奇！』奚勝道：『你敢來打麽？』盧俊義大笑道：『量此等小陣，有何難哉！』盧俊義入陣，朱武在將臺上，將號旗左招右展，變成八陣圖法。朱武教盧俊義傳令，楊志、孫安、卞祥，領披甲馬軍一千去打陣。『今日屬金，將我陣正南離位上軍，一齊衝殺過去。』楊志等遵令，擂鼓三通。衆將上前，蕩開賊將西方門旗，殺將入去。這裏盧俊義率馬靈等將佐軍兵，掩殺過去，賊兵大敗。

且説楊志等殺入軍中，正撞着奚勝，領着數員猛將，保護望北逃奔。孫安、卞祥要幹功，領兵追趕上去，却不知深入重地。祇聽得山坡後一棒鑼聲響，趕出一彪軍來。楊志、孫安等急退不迭。正是：衝陣馬亡青嶂下，戲波船陷緑蒲中。

畢竟這支是那裏兵馬，孫安等如何迎敵，且聽下回分解。

第一百八回　喬道清興霧取城　小旋風藏炮擊賊

話說楊志、孫安、卞祥正追趕奚勝，到伊闕山側，不提防山坡後有賊將埋伏，領一萬騎兵突出，與楊志等大殺一陣。奚勝得脱，領敗殘兵進城去了。孫安奮勇廝并，殺死賊將二人，却是衆寡不敵，這千餘甲馬騎兵，都被賊兵驅入深谷中去。那谷四面都是峭壁，却無出路，被賊兵搬運木石，塞斷谷口。賊人進城，報知龔端。龔端差二千兵把住谷口，楊志、孫安等，便是插翅也飛不出來。

不説楊志等被困，且説盧俊義等得破奚勝六花陣，大半虧馬靈用金磚術，打翻若干賊兵，更兼衆將勇猛，得獲全勝，殺了賊中猛將三員，乘勢驅兵，奪了龍門關，斬級萬餘，奪獲馬匹、盔甲、金鼓無算，賊兵退入城中去了。盧俊義計點軍馬，祇不見了衝頭陣的楊志、孫安、卞祥一千人馬。當下盧俊義教解珍、解寶、鄒淵、鄒潤，各領一千人馬，分四路去尋，至日暮，却無影響。

次日，盧俊義按兵不動，再令解珍等去尋訪。解寶領一支軍，攀藤附葛，爬山越嶺，到伊闕山東最高的一個山嶺上。望見山嶺之西，下面深谷中，隱隱的有一簇人馬，被樹林叢密遮蔽了，不能夠看得詳細。又且高下懸隔，聲喚不聞。解寶領軍卒下山，尋個居民訪問，那裏有一個人家，都因兵亂遷避去了。次後到一個最深僻的山凹平曠處，方才有幾家窮苦的村農，見了若干兵馬，都慌做一團。解寶道：『我們是朝廷兵馬，來此剿捕賊寇的。』那些人聽説是官兵，更是慌張。解寶用好言撫慰説道：『我們軍將是宋先鋒部下。』那些人道：『可是那殺韃子，擒田虎，不騷擾地方的宋先鋒麼？』解寶道：『正是。』那些村農跪拜道：『可知道將軍等不來抓鷄縛狗！前年也有官兵到此剿捕賊人，那些軍士與强盗一般擄掠。因此，我等避到這個所在來。今日得將軍到此，使我們再見天日。』解寶把那楊志等一千人馬，不知下落，并那嶺西深谷去處，問訪衆人。那些人都道：『這個谷叫繆谿谷，祇有一條進去的路。』農人遂引解寶等來到谷口，恰好鄒淵、鄒潤兩支軍馬，也尋到來。合兵一處，殺散賊兵，一同上前，搬開木石，解寶、鄒淵領兵馬進谷。此時已是深秋天氣，果然好個深岩幽谷。但見：圖名：越嶺尋亡將

玉露雕傷楓樹林，深岩邃谷氣蕭森。嶺巔雲霧連天涌，壁峭松筠接地陰。

楊志、孫安、卞祥與一千軍士，馬罷人困，都在樹林下，坐以待斃。見了解寶等人馬，衆人都喜躍歡呼。解寶將帶來的乾糧，分散楊志等衆人，先且充飢。食罷，衆軍一齊出谷。解寶叫村農隨到大寨，來見盧先鋒。盧俊義大喜，取銀兩米穀，賑濟窮民。村農磕頭感激，千恩萬謝去了。隨後解珍這支軍馬，也回寨了。是日天晚歇息，一宿無話。

次早，盧俊義正與朱武調遣兵馬，攻取城池，忽有流星探馬報將來説：『王慶差僞都督杜瑩領十二員將佐，兵馬二萬，前來救援，兵馬已到三十里外了。』盧俊義聞報，教朱武、楊志、孫立、單廷珪、魏定國，同喬道清、馬靈，管領兵馬二萬，列陣于大寨前，以當城中賊兵突出；教解珍、解寶、穆春、薛永，管領軍馬五千，看守山寨。盧俊義親自統領其餘將佐，軍馬三萬五千，迎敵杜瑩。當有浪子燕青禀道：『主人今日不宜親自臨陣。』盧俊義道：『却是爲何？』燕青道：『小人昨夜，有不祥的夢兆。』盧俊義道：『夢寐之事，何足憑信。既以身許國，也顧不得利害。』燕青道：『若是主人決意要行，乞撥五百步兵，與小人自去行事。』盧俊義笑道：『小乙，你待要怎麼？』燕青道：『主人勿管，祇撥與小人便了。』盧俊義道：『便撥與你，看你做出甚事來！』隨即撥五百步兵與燕青。燕青領了自去，盧俊義冷笑不止。統領衆將兵馬，離了大寨，由平泉橋經過。那平泉中多奇异的石子，乃唐朝李德裕舊莊，祇見燕青引着衆人，在那裏砍伐樹木。盧俊義心下雖是好笑，忙忙地要去廝殺，無暇去問他。兵馬過了龍門關西十里外，向西列陣等候。至一個時辰，賊兵方到。

兩陣相對，擂鼓吶喊。西陣裏偏將衛鶴，舞大杆刀，拍馬當先。宋陣中山士奇躍馬挺槍，更不打話，接住廝殺。兩騎馬在陣前鬥過三十合，山士奇挺槍刺中衛鶴的戰馬後腿，那馬後蹄蹶將下去，把衛鶴閃下馬來，山士奇

又一槍戳死。西陣中酆泰大怒，舞兩條鐵簡，拍馬直搶山士奇，二將鬥到十合之上，卞祥見山士奇鬥不過酆泰，拈槍拍馬助戰。被酆泰大喝一聲，衹一簡，把山士奇打下馬來，再加一簡，結果了性命，拍馬舞劍來迎。怎奈卞祥更是勇猛，酆泰馬頭才到，大喝一聲，一槍刺中酆泰心窩，死于馬下。兩軍大喊。西陣主帥杜壆，見連折了二將，心如火熾，氣若烟生，挺一條丈八蛇矛，驟馬親自出陣。宋陣主帥盧俊義也親自出陣，與杜壆鬥過五十合，不分勝敗。杜壆那條蛇矛，神出鬼沒。孫安見盧先鋒不能取勝，揮劍拍馬助戰。賊將卓茂，舞條狼牙棍，縱馬來迎。與孫安鬥不上四五合，孫安奮神威，將卓茂一劍，斬于馬下。撥轉馬，驟上前，揮劍來砍杜壆。杜壆見他殺了卓茂，措手不及，被孫安手起劍落，砍斷右臂，翻身落馬，盧俊義再一槍，結果了性命。盧俊義等驅兵卷殺過去，賊兵大敗。

忽地西南上鑾斜小路裏，衝出一隊騎兵，當先馬上一將，狀貌粗黑醜惡，一頭蓬鬆短髮，頂個鐵道冠，穿領絳征袍，坐匹赤炭馬，仗劍指揮衆軍，彎環踢跳，飛奔前來。盧俊義等看是賊兵號衣，驅兵一擁上前衝殺。那將不來與你厮殺，口中喃喃吶吶地念了兩句，望正南離位上砍了一劍，轉眼間，賊將口中噴出火來。須臾，平空地上，騰騰火熾，烈烈烟生，望宋軍燒將來。盧俊義走避不迭，宋軍大敗，弃下金鼓、馬匹，亂竄奔逃。走不迭的，都燒得焦頭爛額。軍士死者，五千餘人。衆將保護着盧俊義，奔走到平泉橋。軍士爭先上橋，登時把橋擠踏得傾圮下來。幸得燕青砍伐樹木，于橋兩旁，剛搭得完浮橋，軍士得渡，全活者二萬人。盧俊義與卞祥兩騎馬落後，行至橋邊，被賊將趕上，一口火望卞祥噴來。卞祥滿身是火，燒損墜馬，被賊兵所殺。盧俊義幸得浮橋接濟，馳竄去了。

賊將領兵追殺到來，却得前軍報知喬道清。喬道清單騎仗劍，迎着賊將。那賊將見喬道清迎上來，再把劍望南砍去，那火比前番更是熾焰。喬道清捏訣念咒，把劍望坎方一指，使出三昧神水的法。霎時間，有千百道黑氣，飛迎前來，却變成瀑布飛泉，又如億兆斛的瓊珠玉屑，望賊將潑去，滅了妖火。那賊將見破了妖術，撥馬逃奔，戰馬踏着一塊水石，馬蹄後失，把那賊將閃下馬來。喬道清飛馬趕上，揮劍砍爲兩段。那五千騎兵，掀翻跌傷者，五百餘人。喬道清仗劍大喝道：『如肯歸降，都留下驢頭！』賊人見喬道清如此法力，都下馬投戈，拜伏乞命。喬道清再用好言撫慰，梟了賊將首級，率領降賊，來見盧先鋒獻捷。盧俊義感謝不已，并稱贊燕青功勞，衆將問降賊，方曉得那妖人姓寇名威，慣用妖火燒人。人因他貌相醜惡，叫他做毒焰鬼王。昔年助王慶造反的，不知往那裏去了二年，近日又到南豐說：『宋兵勢大，待俺去剿他。』因此，王慶差他星馳到此。龔端、奚勝望見救兵輸了，不敢出來厮殺，衹添兵堅守城池。當下喬道清說：『這裏城池深固，急切不能得破。今夜待貧道略施小術，助先鋒成功，以報二位先鋒厚恩。』盧俊義道：『願聞神術。』喬道清附耳低言説道：『如此，如此。』盧俊義大喜，隨即調遣將士，各去行事，準備攻城。一面教軍士以禮殯葬山士奇、卞祥，盧俊義親自設祭。

是夜二更時分，喬道清出來仗劍作法。須臾霧起，把西京一座城池，周回都遮漫了，守城軍士，咫尺不辨，你我不能相顧。宋兵乘黑暗裏，從飛橋轉關轆轤上，攀緣上女墻，衹聽得一聲炮響，重霧忽然光斂，城上四面，都是宋兵，各向身邊取出火種，燃點火炬，上下照耀，如同白晝一般。守城軍士，先是驚得麻木了，都動彈不得，被宋兵掣出兵器砍殺，賊兵墜城死者無算。龔端、奚勝見變起倉卒，急引兵來救應，已被宋軍奪了四門。盧俊義大驅兵馬進城，龔端、奚勝都被亂兵殺死，其餘偏牙將佐頭目俱降，軍士降服者三萬人，百姓秋毫無犯。

天明，盧俊義出榜安民，標録喬道清大功，重賞三軍將士，差馬靈到宋先鋒處報捷。馬靈遵令去了，至晚便來回話説宋先鋒等攻打荆南，連日與賊人交戰，大敗南豐救兵，主帥謝寧被擒。宋先鋒因戎事焦勞，染病在營中，數日軍務，都是吴軍師統握。盧俊義聞報，鬱鬱不樂，連忙料理軍務，將西京城池，交與喬道清、馬靈統兵鎮守。盧俊義次日，辭別喬道清、馬靈，統領朱武等二十員將佐，離了西京，急急忙忙望荆南進發。不則一日，兵馬已到荆南城北大寨中，盧俊義等入寨問候。宋江虧神醫安道全療治，病勢已減了六七分，盧俊義等甚是喜慰。

正在敘闊，各述軍務，忽有逃回軍士報說：『唐斌正護送蕭讓等，離大寨行至三十里，忽被荆南賊將麋胜、馬勥，領一萬精兵，從斜僻小路抄出，乘先鋒卧病，要來劫大寨之後，正遇着我們人馬。唐斌力敵二將，怎奈衆寡不敵，更兼麋胜十分勇猛。唐斌被麋胜殺死，蕭讓、裴宣、金大堅都被活捉去。他們正要來劫寨，探聽得盧先鋒等大兵到來，賊人衹擄了蕭讓等遁去。』宋江聽罷，不覺失聲哭道：『蕭讓等性命休矣！』病勢仍舊沉重。盧俊義等衆將，都來勸解。

盧俊義問道：『蕭讓等到何處去？』宋江嗚咽答道：『蕭讓知我有病，特辭了陳安撫來看視我，并奉陳安撫命，即取金大堅、裴宣到宛州，要他們寫勒碑石，及查勘文卷。我今日特差唐斌，領一千人馬護送他三個去。不料被賊人捉擄，三人必被殺害！』宋江遂教盧俊義幫助吴用，攻打城池，拿住麋胜、馬犟報仇，盧俊義等遵令，來到城北軍前。衆人與吴學究叙禮畢，盧俊義連忙説蕭讓等被擄之事。吴用大驚道：『苦也！斷送了這三個人！』傳令教衆將圍城，并力攻打城池。衆將遵令，四面攻城。吴用又令軍漢上雲梯，望城中高叫道：『速將蕭讓、金大堅、裴宣送出來！若稍遲延，打破城池，不論軍民，盡行屠戮！』

却說城中守將梁永僞授留守之職，同正偏將佐，在城鎮守。那麋胜、馬犟都戰敗，逃遁到此。當日捉了蕭讓等三人，因宋兵尚未圍城，麋胜叫開城門進城，將蕭讓等解到帥府獻功。梁永頗聞得聖手書生的名目，教軍士解放綁縛，要他降服。蕭讓、裴宣、金大堅三人睁眼大駡道：『無知逆賊，汝等看我們是何等樣人？逆賊快把我三人一刀兩段罷了！這六個膝蓋骨，休想有半個兒着地！即日宋先鋒打破城池，拿你們這伙鼠輩，碎尸萬段！』梁永大怒，叫軍漢：『打那三個奴狗跪着！』軍漢拿起杆棒便打，衹打得跌僕，那裏有一個肯跪。三人駡不絶口。梁永道：『你們要一刀兩段，俺偏要慢慢地擺布你。』喝叫軍士：『將這三個奴狗立枷在轅門外，衹顧打他兩腿，打折了驢腿，自然跪將下來。』軍漢得令，便來套枷綁扒擺布。

帥府前軍士居民，都來看宋軍中人物，内中早惱怒了一個真正有男子氣的鬚眉丈夫。那男子姓蕭，雙名叫嘉穗，寓居帥府南街紙張鋪間壁。他高祖蕭憺，字僧達，南北朝時人，爲荆南刺史。江水敗堤，蕭憺親率將吏，冒雨修築。雨甚水壯，將吏請少避之，蕭憺道：『王尊欲以身塞河，我獨何心哉？』言畢，而水退堤立。是歲，嘉禾生，一莖六穗，蕭嘉穗取名在此。那蕭嘉穗偶游荆南，荆南人思慕其上祖仁德，把蕭嘉穗十分敬重。那蕭嘉穗襟懷豪爽，志氣高遠，度量寬宏，膂力過人，武藝精熟，乃是十分有膽氣的人。凡遇有肝膽者，不論貴賤，都交結他。適遇王慶作亂，侵奪城池，蕭嘉穗獻計御城。當事的不肯用他計策，以致城陷。賊人下令，凡百姓衹許入城，并不許一個出去。蕭嘉穗在城中，日夜留心圖賊，却是單絲不成綫。今日見賊人將蕭讓等三個綁扒，又聽得宋兵爲蕭讓等攻城緊急，軍民都有驚恐之狀。蕭嘉穗想了一回道：『機會在此。衹此一着可以保全城中幾許生靈。』忙歸寓所。此時已是申牌時分，連忙叫小厮磨了一碗墨汁，向間壁紙鋪裏買了數張皮料厚棉紙，在燈下濡墨揮毫，大書特書的寫道：

城中都是宋朝良民，必不肯甘心助賊。宋先鋒是朝廷良將，殺韃子，擒田虎，到處莫敢攖其鋒。手下將佐一百單八人，情同股肱。轅門前綁扒的三人，義不屈膝，宋先鋒等英雄忠義可知。今日賊人若害了這三人，城中兵微將寡，早晚打破城池，玉石俱焚。城中軍民，要保全性命的，都跟我去殺賊！

蕭嘉穗將那數張紙都寫完了，悄地探聽消息，衹聽得百姓們都在家裏哭泣。蕭嘉穗道：『民心如此，我計成矣！』挨到昧爽時分，踅出寓所，將寫下的數張字紙，拋向帥府前左右街市鬧處。

少頃，天明，軍士居民，這邊方拾一張來看，那邊又有人拾了一張，登時聚着數簇軍民觀看。早有巡風軍卒，搶一張去，飛報與梁永知道。梁永大驚，急差宣令官出府傳令，教軍士謹守轅門及各營，着一面嚴行緝捕奸細。那蕭嘉穗身邊藏一把寶刀，挨入人叢中，也來觀看，將紙上言語，高聲朗誦了兩遍，軍民都錯愕相顧。那宣令官奉着主將的令，騎着馬，五六個軍漢，跟隨到各營傳令。蕭嘉穗搶上前，大吼一聲，一刀砍斷馬足，宣令官撞下馬去，一刀剁下頭來。蕭嘉穗左手抓了人頭，右手提刀，大呼道：『要保全性命的，都跟蕭嘉穗去殺賊！』帥府前軍士，平素認得蕭嘉穗，又曉得他是鐵漢，霎時有五六百人，擁着他結做一塊。

蕭嘉穗見軍士聚攏來，復連聲大呼道：『百姓有膽量的，都來相助！』聲音響振數百步。那時四面響應，百姓都搶棍棒，拔杉刺，折桌脚，拈指間已有五六千人。迭聲吶喊，蕭嘉穗當先，領衆搶入帥府。那梁永平日暴虐軍民，鞭撻士卒，護衛軍將，都恨入骨髓。一聞變起，都來相助，趕入去，把梁永等一家老小都殺了。蕭嘉穗領衆軍民人等，擁出帥府，此時已有二萬餘人。把蕭讓、裴宣、金大堅放了絣扒，都打開了枷。蕭嘉穗選三個有膂力的人，背着蕭讓等三人。蕭嘉穗當先，抓了梁永首級，趕到北門，殺死守門將馬勥，趕散把門軍士，開城門，放吊橋。

那時吳用正到北門，親督將士攻城，聽的城中吶喊，又是開城門，衹道賊人出來衝擊，忙教軍馬退下三四箭之地，列陣迎敵。衹見蕭嘉穗抓着人頭，背後三個軍漢，背負蕭讓等，過了吊橋，忙奔前來。吳用正在驚訝，蕭讓等高叫道：『吳軍師，實虧這個壯士，激聚衆民，殺了賊將，救我等出來。』吳用聽了，又驚又喜。蕭嘉穗對吳用道：『事在倉卒，不及叙禮。請軍師快領兵入城！』那吊橋邊已有若干軍民，都齊聲叫道：『請宋先鋒入城！』吳用見諸色人等，都有在裏面，遂傳令教將士統軍馬入城。如有妄殺一人者，同伍皆斬。北城上守城軍士，看見事勢如此，都投戈下城。其東西南三面守城軍士，聞了這個消息，都捆縛了守城賊將，大開城門，香花燈燭，迎接宋兵入城。祇有縻貹那廝勇猛，人近他不得，出西門，殺出重圍走了。

吳用差人飛報宋江。宋江聞報，把那憂國家、哭兄弟的病癥退了九分九厘，欣喜雀躍，同衆將拔寨都起。大軍來到荊南城中，宋江升坐帥府，安撫軍民，慰勞將士。宋江請蕭嘉穗到帥府，問了姓名，扶他上坐。宋江納頭便拜道：『壯士豪舉，誅鋤叛逆，保全生靈，兵不血刃，克復城池，又救了宋某的三個兄弟，宋江合當下拜。』蕭嘉穗答拜不迭道：『此非蕭某之能，皆衆軍民之力也！』宋江聽了這句，愈加欽敬。宋江以下將佐，都叙禮畢。城中軍士，將賊將解來。宋江問願降者，盡行免罪。因此滿城歡聲雷動，降服數萬人。恰好水軍頭領李俊等，統領水軍船隻，到了漢江，都來參見。

宋江教置酒款待蕭壯士。宋江親自執杯勸酒，説道：『足下鴻才茂德，宋某回朝，面奏天子，一定優擢。』蕭嘉穗道：『這個倒不必，蕭某今日之舉，非爲功名富貴。蕭某少負不羈之行，長無鄉曲之譽，是孤陋寡聞的一個人。方今讒人高張，賢士無名，雖材懷隨和，行若由夷的，終不能達九重。蕭某見若干有抱負的英雄，不計生死，赴公家之難者，倘舉事一有不當，那些全軀保妻子的，隨而媒孽其短，身家性命，都在權奸掌握之中。像蕭某今日，無官守之責，却似那閑雲野鶴，何天之不可飛耶！』這一席話，説得宋江以下，無不嗟嘆。座中公孫勝、魯智深、武松、燕青、李俊、童威、童猛、戴宗、柴進、樊瑞、朱武、蔣敬等這十餘個人，把蕭壯士這段話，更是點頭玩味。當晚酒散，蕭嘉穗辭謝出府。次早，宋江差戴宗到陳安撫處報捷。宋江親自到蕭壯士寓所，特地拜望，却是一個空寓。間壁紙鋪裏説：『蕭嘉穗今早天未明時，收拾了琴劍書囊，辭別了小人，不知往那裏去了。』後人有詩贊蕭憎祖孫之德云：

冒雨修堤蕭僧達，波狂濤怒心不怛。恪誠止水堤功成，六穗嘉禾一莖發。賢孫豪俊侔厥翁，咄叱民從賊首掇。
澤及生靈哲保身，閑雲野鶴真超脱。

宋江回到帥府，對衆頭領説蕭嘉穗飄然而去，衆將無不嘆息。至晚，戴宗回報，説宛州、山南兩處所屬未克州縣，陳安撫、侯參謀授方略與羅戩及林沖、花榮等，俱各討平。朝廷已差若干新官到來，各行交代訖。陳安撫已率領諸將起程，即日便到。宋江與吳用計議：『待陳安撫到這裏鎮守，我們好起大兵，前去剿滅渠魁。』宋江却在荊南調攝五六日，病已全愈。一日，報陳安撫等兵馬到來，宋江等接入城中。參見畢，陳安撫大賞三軍將士。次後山南守將史進等，已將州務各交代新官，隨後也到。宋江將州務請陳安撫治理。宋江等拜別陳安撫，統領大軍，水陸并進，戰騎同行，來剿南豐賊人巢穴。此時一百單八個英雄，都在一處，又有河北降將孫安等十一人，軍馬二十餘萬，連戰連捷，兵威大振，所到地方，賊人望風降順。宋江將復過州縣，呈報陳安撫。陳瓘差羅戩統領將士人馬，前來鎮守。

宋江等水陸大兵，長驅直至南豐地界。哨馬報到，說偵探得賊人王慶將李助爲統軍大元帥，就本處調選水陸兵馬五萬。又調雲安、東川、安德三路各兵馬二萬，都是本處僞兵馬都監劉以敬、上官義等統領，數十員猛將，及十一萬雄兵，前來拒敵。王慶親自督征。宋江聞報，與吳用計議道：『賊兵傾巢而來，必是抵死厮并。我將何策勝之？』吳用道：『兵法祇是「多方以誤之」這一句。俺們如今將士都在一處，多分調幾路前去厮殺，教他應接不暇。』宋江依議傳令，分調兵將。

先一日，有撲天雕李應、小旋風柴進，奉宋先鋒將令，統領馬步頭領單廷珪、魏定國、施恩、薛永、穆春、李忠，領兵五千，護送糧草車仗，并緞帛、火炮、車輛。在大兵之後，地名龍門山，南麓下傍山有一村莊，四圍都是高泥岡子，却像個土城，三面有路出入。居民空下草瓦房數百間，居民因避兵遷避去了。是晚，東北風大作，濃雲潑墨，李應、柴進見天色已暮，恐天雨沾濕了糧草，教軍士拆開門扇，把車輛推送屋裏。軍士方欲造飯食息，忽見病大蟲薛永領兵巡哨，捉了一個奸細，來報柴進說：『審問得奸細說，賊人麋貹，領精兵一萬，今夜二更，要來劫燒糧草，現今伏在龍門山中。』

原來那龍門山兩崖對峙如門，其中可通舟楫，樹木叢密。李應聽說，便對柴進道：『待小弟去莊前，等那鳥敗賊，殺他片甲不回。』柴進道：『那麋貹十分勇猛，不可力敵。況且我這裏兵少，待小弟略施小計，拼五六車火炮，百十車柴薪，與唐斌等報仇。』把那奸細殺了；教軍士將糧草、火炮、車輛，教李應領兵三千，都備弓弩火箭，護衛糧車。在黃昏時候，盡數出了土岡，望南先行，却留下百十輛柴薪車，四散列于西南下風頭草房茅檐邊，將

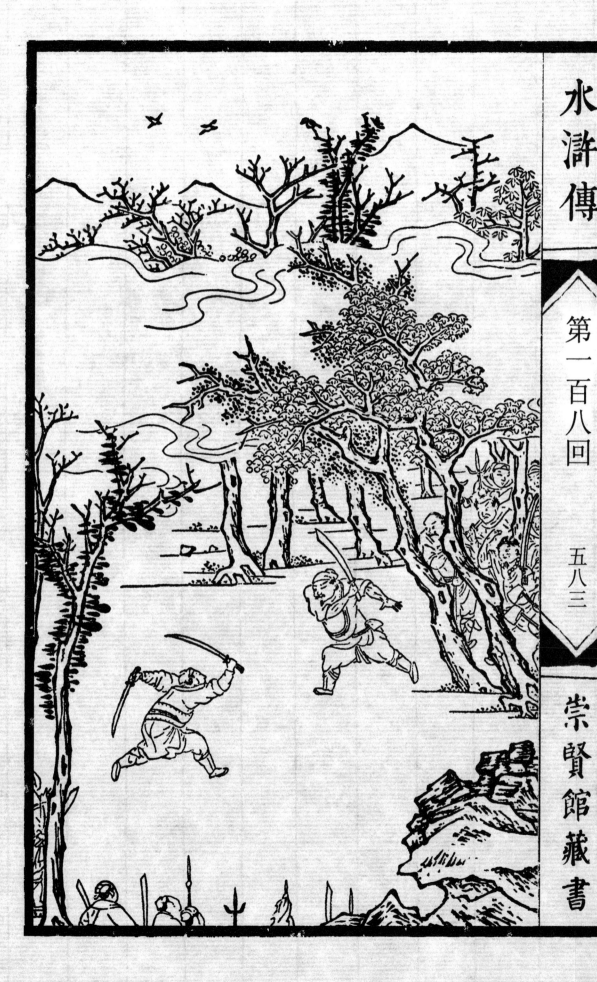

隔百十步，勒馬便回。前軍先鋒劉以敬、上官義驟馬驅兵，便來衝擊。張清拍馬，拈出白梨花槍，來戰二將。瓊英馳馬，挺方天畫戟來助戰。

四將鬥到十數合，張清、瓊英隔開賊將兵器，撥馬便回。劉以敬，上官義驅兵趕來，左右高叫：『先鋒不可追趕！此二人鞍後錦袋中都是石子，打人不曾放空！』劉以敬、上官義聽說，方才勒住得馬，衹見龍門山背後，鼓聲振響，早轉五百步兵來。當先四個步將頭領，乃是黑旋風李逵、混世魔王樊瑞、八臂那吒項充、飛天大聖李衮，直奔前來。那五百步軍，就在山坡下一字兒擺開，兩邊團牌，齊齊扎住。劉以敬、上官義驅兵掩殺。李逵、樊瑞引步軍分開兩路，都倒提蠻牌，轉過山坡便去。那時王慶、李助大軍已到，一齊衝擊前來。李逵、樊瑞等都飛跑上山，度嶺穿林，都不見了。

李助傳令，教就把軍馬在這個平原曠野之地列成陣勢。衹聽得山後炮響，衹見山南一路軍馬飛涌出來，簇擁着三個將軍：中間是矮脚虎王英，左是小尉遲孫新，右是菜園子張青。總管馬步軍兵五千，殺向前來。王慶正欲遣將迎敵，又聽得山後一聲炮響，山北一路軍馬飛涌出來。簇擁着三個女將：中間是一丈青扈三娘，左邊是母大蟲顧大嫂，右邊是母夜叉孫二娘。管領馬步軍兵五千，殺向前來，恰遇賊兵右哨柳元、潘忠兵馬，接住厮殺。王英等正遇賊兵左哨李雄、畢先軍馬，接住厮殺。兩邊各鬥到十餘合，南邊王英、孫新、張青勒轉馬，領兵望東便走。北邊扈三娘、顧大嫂、孫二娘，也撥轉馬匹，率領軍兵，望東便走。王慶看了笑道：『宋江手下，都是這些鳥男女，我這裏將士如何屢次輸了？』遂驅大兵，追殺上來。

行不到五六里，忽聽得一棒鑼聲響，却是適才去的李逵、樊瑞、項充、李衮，這四個步軍頭領，從山左叢林裏轉向前來，又添了花和尚魯智深、行者武松、没面目焦挺、赤髮鬼劉唐，四個步軍將佐，并五百步兵，都執團牌短兵，直衝上來。賊將副先鋒上官義忙撥步軍二千衝殺。李逵、魯智深與賊兵略鬥幾合，却似抵敵不過的，倒提團牌，分開兩路，都飛奔入叢林中去了。賊兵趕來，那李逵等却是走得快，拈指間，都四散奔走去了。李助見了，連忙對王慶道：『大王不宜追趕，這是誘敵之計。我們且列陣迎敵。』李助上將臺列陣，兀是未完，衹聽得山坡後轟天子母炮響，就山坡後涌出大隊軍將，急先涌來，占住中央，裏面列陣勢。王慶令左右攏住戰馬，自上將臺看時，衹見正南上這隊人馬，盡是紅旗、紅甲、紅袍、朱纓、赤馬，前面一把引軍銷金紅旗。把那紅旗招展處，紅旗中涌出一員大將，乃是霹靂火秦明，左手是聖水將軍單廷珪，右邊是神火將軍魏定國，三員大將，手掿兵器，都騎赤馬，立于陣前。東壁一隊人馬盡是青旗、青甲、青袍、青纓、青馬，前面一把引軍銷金青旗。招展處，青旗中涌出一員大將，乃是大刀關勝，左手是醜郡馬宣贊，右手是井木犴郝思文，三員大將，手掿兵器，都騎着青馬，立于陣前。西壁一隊人馬，盡是白旗、白甲、白袍、白纓、白馬，前面一把引軍銷金白旗。招展處，白旗内涌出一員大將，乃是豹子頭林沖，左手是鎮三山黃信，右手是病尉遲孫立，三員大將，手掿兵器，都騎白馬，立于陣前。後面一簇人馬，都是皂旗、黑甲、黑袍、黑纓、黑馬，前面一把引軍銷金皂旗。招展處，皂旗中涌出一員大將，乃是雙鞭將呼延灼，左手是百勝將韓滔，右手是天目將彭玘，三員大將，手掿兵器，都騎黑馬，立于陣前。東南方門旗影裏，一隊軍馬，青旗紅甲；前面一把引軍綉旗招展，捧出一員大將，乃是雙槍將董平，左手是摩雲金翅歐鵬，右手是火眼狻猊鄧飛，三員大將，手持兵器，都騎戰馬，立于陣前。西南方門旗影裏，一隊軍馬，紅旗白甲，前面一把引軍綉旗招展處，捧出一員大將，乃是急先鋒索超，左手是錦毛虎燕順，右手是鐵笛仙馬麟，三員大將，手掿兵器，都騎戰馬，立于陣前。東北方門旗影裏，一隊軍馬，皂旗青甲，前面一把引軍綉旗招展處，捧出一員大將，乃是九紋龍史進，左手是跳澗虎陳達，右手是白花蛇楊春，三員大將，手掿兵器，都騎戰馬，立于陣前。西北方門旗影裏，一隊軍馬，白旗黑甲，前面一把引軍綉旗招展處，捧出一員大將，乃是青面獸楊志，左手是錦豹子楊林，右手是小霸王周通，三員大將，手掿兵器，都騎戰馬，立于陣前。八方擺布的鐵桶相似。陣門裏馬軍隨馬隊，步軍隨步隊，各持鋼刀大斧，闊劍長槍，旗幟齊整，隊伍威嚴。八陣中央都是杏黃旗，間着六十四面長脚旗，上面金銷六十四卦，亦分四門。南門都是馬軍。正南上黃旗影裏，捧出二員上將，上首是美髯公朱仝，下手是插翅虎雷横，人馬盡是黃旗、黃袍、銅甲、黃纓、黃馬。中央陣，東門是金眼彪施恩，西門是白面郎君鄭天壽，南門是雲裏金剛宋萬，北門是病大蟲薛永。那黃旗後，便是一叢炮架，立着那個炮手轟天雷凌振，引着副手二十餘人，圍繞着炮架。架後都擺列捉將的撓鉤套索，撓鉤後又是一周遭雜彩旗幟，四面立着二十八宿星辰。銷金綉旗中間，立着一面堆絨綉就、真珠圈邊、脚綴金鈴、頂插雉尾、鵝黃帥字旗。有一個守旗壯士，冠簪魚尾，甲皺龍鱗，身長一丈，凛凛威風，便是險道神郁保四。旗邊設立兩個護旗將士，都騎戰馬，一般結束，手執鋼槍，一個是毛頭星孔明，一個是獨火星孔亮。馬前馬後，排列二十四個執狼牙棍的鐵甲軍士。後面兩把領戰綉旗，兩邊排列二十四枝方天畫戟叢中，捧着兩員驍將：左邊是小温侯呂方，右邊是賽仁貴郭盛，兩員將各持畫戟，立馬兩邊。畫戟中間，一簇鋼叉，兩員步軍驍將，一般結束，一個是兩頭蛇解珍，一個是雙尾蝎解寶，各執三股蓮花叉，守護中軍。隨後兩匹錦鞍馬上，左手是聖手書生蕭讓，右手是鐵面孔目裴宣。兩個馬後擺着紫衣持節的，并麻扎刀軍士。那麻扎刀林中，立着兩個行刑劊子：上首是鐵臂膊蔡福，下首是一枝花蔡慶。背陣兩邊，擺着金槍銀槍手，兩邊有大將領隊。金槍隊裏，是金槍手徐寧；銀槍隊裏，是小李廣花榮。背後又是錦衣對對，花帽雙雙，緋袍簇簇，錦襖攢攢。兩壁廂碧幢翠幕，朱旛皂蓋，黃鉞白旄，青萍青電，兩行鉞斧鞭撾中間，三把銷金傘下，三匹錦鞍駿馬上，坐着三個英雄：右邊星冠鶴氅，呼風喚雨的入雲龍公孫勝。左邊綸巾羽扇，文武雙全的智多星吴用。正中間照夜玉獅子金鞍馬上，坐着那個有仁有義，退虜平寇的征西正先鋒，山東及時雨呼保義宋公明。全身結束，自仗錕鋙寶劍，于陣中監戰，掌握中軍。馬前左手，立着神行太保戴宗，專管飛報軍情，調兵遣將；右手立着浪子燕青，專一護持中軍，能幹機密。馬後大戟長戈，錦鞍駿馬，整整齊齊，三十五員牙將，都騎戰馬，手執長槍，全副弓箭。馬後畫角，全部鼓吹大樂，陣後又設兩隊游兵，伏于兩側，以爲護持中軍羽翼：左是石將軍石勇，同九尾龜陶宗旺，管領馬步兵三千人；右是没遮攔穆弘，引兄弟小遮攔穆春，管領馬步兵三千，伏于兩脅。那座陣排布得十分整密，正是：

軍師多略帥恢弘，士涌貔貅馬跨龍。指揮要建平西績，叱咤思成蕩寇功。

那個草頭天子王慶同李助在陣中將臺上，定睛看了宋江兵馬，拈指間，排成九宫八卦陣勢，軍兵勇猛，將士英雄，軍容整肅，刀槍鋒利，驚得魂不附體，心膽俱落，不住聲道：『可知道兵將屢次虧輸，原來那伙人如此利害！』祇聽的宋軍中，戰鼓不絶聲的發擂。王慶、李助下將臺，騎上戰馬，左右有金吾護駕等員役，馬後有許多内侍簇擁着他。王慶傳令旨，教前部先鋒，出陣衝擊。當下東西對陣。是日干支屬木。宋陣正西方門旗開處，豹子頭林沖從門旗下飛馬出陣，兩軍一齊吶喊。林沖兜住馬，横着丈八蛇矛，厲聲高叫：『無知叛逆，謀反狂徒，天兵到此，尚不投降！直待骨肉爲泥，悔之何及！』賊陣中李助本是算命先生，甚曉得相生相克之理，疾忙傳令，教右哨柳元、潘忠，領紅旗軍去衝擊。柳元、潘忠遵令，領了紅旗軍，驟馬搶來衝擊。兩陣迭聲吶喊，戰鼓齊鳴。林沖接住柳元厮殺，四條臂膊縱横，八隻馬蹄撩亂。二將在征塵影裏，殺氣叢中，來來往往，左盤右旋，鬥經五十餘合，勝敗未分。那柳元是賊中勇猛之將，潘忠見柳元不能取勝，拍馬提刀，搶來助戰。林沖力敵二將，大喝一聲，奮神威，將柳元一矛戳于馬下。林沖的副將黃信、孫立，飛馬衝出陣來。黃信揮喪門劍，望潘忠一劍砍去。祇見一條血顙光連肉，頓落金鞍在馬邊。

潘忠死于馬下，手下軍卒散亂，早衝動了陣脚，賊兵飛報入中軍。王慶聽的登時折了二將，忙傳令旨，急教退軍。祇聽得宋軍中一聲炮響，兵馬紛紛擾擾，白引黑，黑引青，青引紅，變作長蛇之陣，簸箕掌，栲栳圈，圍裹將來。王慶、李助調將遣兵，分頭衝擊，却似銅墻鐵壁，急切不能衝得出來。官軍與賊兵這場好殺，怎見得：

兵戈衝擊，士馬縱横。槍破刀，刀如劈腦而來，槍必鈎魚而應。刀如下發而起，槍必綽地而迎。刀如倒拖而回，槍必裙攔而守。刀解槍，槍如刺心而來，刀用五花以御。槍如點睛而來，刀用探馬以格。筅破牌，牌或滾身以進，筅即風掃以當。牌或從旁以迫，筅必斜插以待。牌或摧擠以入，筅必退却以搠。牌解筅，筅若平胸，牌用小坐之勢以避。筅若簇擁，牌將碎剪之法以隨。單刀披挂絞絲，佯輸詐敗。鐵叉上排下掩，側進抵閃。袖箭于馬上覷賊，鈎鐮于車前俟馬。鞭、簡、撾、捶、劍、戟、矛、盾。那邊破解無窮，這裏轉變莫測。須臾血流成河，頃刻尸如山積。

當下鏖戰多時，賊兵大敗，官軍大勝。王慶叫且退入南豐大内，再作區處。衹聽得後軍炮響，哨馬飛報將來説：「大王，後面又有宋軍殺來！」那彪軍，馬上當先的英雄大將，正是副先鋒河北玉麒麟盧俊義，横着一條點鋼槍；左邊有使樸刀的好漢病關索楊雄；右邊有使樸刀的頭領拚命三郎石秀，領着一萬精兵，抖擻精神，將正副合後賊兵殺散。楊雄砍翻段五，石秀搠死邱翔，并力衝殺進來。

王慶正在慌迫，又聽得一聲炮響，左有魯智深、武松、李逵、焦挺、項充、李袞、樊瑞、劉唐八個勇猛頭領，引着一千步卒，掄動禪杖、戒刀、板斧、樸刀、喪門劍、飛刀、標槍、團牌，殺死李雄、畢先，如割瓜切菜般直殺入來；右有張清、王英、孫新、張青、瓊英、扈三娘、顧大嫂、孫二娘，四對英雄夫婦，引着一千騎兵，舞動梨花槍、鞭鋼槍、方天畫戟、日月雙刀、鋼槍、短刀，殺散左哨軍兵，如摧枯拉朽的直衝進來，殺得賊兵四分五裂，七斷八續，雨零星散，亂竄奔逃。

盧俊義、楊雄、石秀殺入中軍，正撞着方翰，被盧俊義一槍戳死，殺散中軍羽翼軍兵，徑來捉王慶，却遇了金劍先生李助。那李助有劍術，一把劍如掣電般舞將來。盧俊義正在抵當不住，却得宋江中軍兵到，右手下入雲龍公孫勝，口中念念有詞，喝聲道：『疾！』李助那口劍，托地離了手，落在地上。盧俊義驟馬趕上，輕舒猿臂，款扭狼腰，把李助衹一拽，活挾過馬來，教軍士縛了。盧俊義拈槍拍馬，再殺入去尋捉王慶，好似皂雕追紫燕，猛虎啖羊羔。賊兵抛金弃鼓，撇戟丢槍，覓子尋爺，呼兄喚弟，十餘萬賊兵，殺死大半。尸横遍野，流血成河。降者三萬人，除那逃走脱的，其餘者是十死九活，七損八傷，顛翻在地，被人馬踐踏，骨肉如泥的，不計其數。劉以敬、上官義兩個猛將，都被焦挺砍翻戰馬，撞下馬來，都被他殺死。李雄被瓊英飛石打下馬來，一畫戟搠死。畢先正在逃避，忽地裏鑽出活閃婆王定六，一樸刀搠下馬來，再向胸膛上一樸刀，結果了性命。其僞尚書、樞密、殿帥、金吾、將軍等項，都逃不脱，衹不見了渠魁王慶。宋軍大捷。

宋江教鳴金收集兵馬，望南豐城來，教張清、瓊英領五千馬軍，前去哨探；再差神行太保戴宗先去打聽孫安襲取南豐消息如何。戴宗遵令，作起神行法，趕過張清、瓊英，去了片晌，便來回報説：『孫安奉先鋒將令，假扮西兵去賺城，被賊人知覺，城門内掘下陷坑，開城東門，放軍馬進去。孫安手下梅玉、金禎、畢捷、潘迅、楊芳、馮升、胡邁七個副將，争先搶入城去，并五百軍士，連人和馬，都攧入陷坑中。兩邊伏兵齊發，都把長槍利戟，把梅玉等五百餘人，盡行搠死。幸得孫安在後，乘勢奮勇殺進城門，教軍士填了陷坑。孫安一騎當先，領兵殺入城中，賊兵不能抵當。孫安奪了東門，後被賊人四面響應，把孫安兵馬堵截在東門。小弟探知這消息，飛來回復。半路遇了張將軍及張宜人，説了此情，他兩個催動人馬疾馳去了。』

宋江聞報，催動大軍，疾馳上前，將南豐城圍住。那時張清、瓊英進了東門，教孫安據住東門，張清、瓊英正與賊軍鏖戰，因此，宋江等將佐兵馬，搶入東門，奪了城池，殺散賊兵，四門竪起宋軍旗號。城中許多僞文武多官范全等盡行殺死。那僞妃段三娘聽的軍馬進城，他素有膂力，也會騎馬，遂拴縛結束，領了百餘有膂力的内侍，都執兵器，離王宫，出後苑，欲殺出西門，投雲安軍去，恰遇瓊英領兵殺到後苑來。段氏縱馬，挺一口寶刀，抵死衝突。被瓊英一石子飛來，正中段三娘面門，鮮血迸流，撞下馬來，攧個脚梢天，軍士趕上，捉住綁縛了。那些内侍，都被宋兵殺死。瓊英領兵殺入後苑内宫，那些宫娥嬪女，聞得宋兵入城，或投環，或投井，或刀刎，或

第一百十三回　混江龍太湖小結義　宋公明蘇州大會垓

話說當下衆將救起宋江，半晌方才蘇醒，對吴用等説道：『我們今番必然收伏不得方臘了。自從渡江以來，如此不利，連連損折了我八個弟兄！』吴用勸道：『主帥休説此言，以懈軍心。當初破大遼之時，大小完全回京，皆是天數。今番折了兄弟們，此是各人壽數。眼見得渡江以來，連得了三個大郡，潤州、常州、宣州，此乃皆是天子洪福齊天，主將之虎威，如何不利？先鋒何故自喪志氣？』宋江道：『軍師言之極當。雖然天數將盡，我想一百八人上應列宿，又合天文所載。兄弟們如手足之親。今日聽了這般凶信，不由我不傷心！』吴用再勸道：『主將請休煩惱，勿傷貴體。且請理會調兵接應，攻打無錫縣。』宋江道：『留下柴大官人與我做伴。别寫軍帖，使戴院長與我送去，回復盧先鋒，着令進兵攻打湖州，早至杭州聚會。』吴用教裴宣寫了軍帖回復，使戴宗往宣州去了，不在話下。

却説吕師囊引着許定，逃回至無錫縣，正迎着蘇州三大王發來救應軍兵，爲頭是六軍指揮使衛忠，帶十數個牙將，引兵一萬，來救常州，合兵一處，守住無錫縣。吕樞密訴説金節獻城一事，衛忠道：『樞密寬心，小將必然再要恢復常州。』衹見探馬報道：『宋軍至近，早作準備。』衛忠便引兵上馬，出北門外迎敵，早見宋江軍馬勢大，爲頭是黑旋風李逵，引着鮑旭、項充、李衮當先，直殺過來。衛忠力怯，軍馬不曾擺成行列，大敗而走。急退入無錫縣時，四個早隨馬後入縣治。吕樞密便奔南門而走。關勝引着兵馬已奪了無錫縣，四下裏放起火來。衛忠、許定亦望南門走了，都回蘇州去了。關勝等得了縣治，便差人飛報宋先鋒。宋江與衆頭領都到無錫縣，便出榜安撫了本處百姓，復爲良民。引大隊軍馬，都屯駐在本縣。却使人申請張、劉二總兵鎮守常州。

且説吕樞密會同衛忠、許定三個，引了敗殘軍馬，奔蘇州城來告三大王方貌求救，訴説宋軍勢大，迎敵不住，兵馬席卷而來，以致失陷城池。三大王大怒，喝令武士推轉吕樞密斬訖報來。衛忠等告説：『宋江部下軍將，皆是慣戰兵馬，多有勇烈好漢了得的人，更兼步卒都是梁山泊小嘍囉，多曾慣鬥，因此難敵。』方貌道：『權且寄下你項上一刀。與你五千軍馬，首先出哨。我自分撥大將，隨後便來策應。』吕師囊拜謝了，全身披挂，手執丈八蛇矛，上馬引軍，首先出城。

却説三大王方貌聚集手下八員戰將，名爲八驃騎。一個個都是身長力壯，武藝精熟的人。那八員：

飛龍大將軍劉贇　飛虎大將軍張威　飛熊大將軍徐方　飛豹大將軍郭世廣

飛天大將軍鄔福　飛雲大將軍苟正　飛山大將軍甄誠　飛水大將軍昌盛

當下三大王方貌，親自披挂，手持方天畫戟，上馬出陣，監督中軍人馬，前來交戰。馬前擺列着那八員大將，背後整整齊齊有三十二個副將，引五萬南兵人馬，出閶闔門來，迎敵宋軍。前部吕師囊引着衛忠、許定，已過寒山寺了，望無錫縣而來。宋江已使人探知，盡引許多正偏將佐，把軍馬調出無錫縣，前進十里餘路。兩軍相遇，旗鼓相望，各列成陣勢。吕師囊忿那口氣，躍坐下馬，横手中矛，親自出陣，要與宋江交戰。宋江在門旗下見了，回頭問道：『誰人敢拿此賊？』説猶未了，金槍手徐寧挺起手中金槍，驟坐下馬，出到陣前，便和吕樞密交戰。二將交鋒，左右助喊，約戰了二十餘合，吕師囊露出破綻來，被徐寧肋下刺着一槍，搠下馬去。兩軍一齊吶喊。黑旋風李逵手揮雙斧，喪門神鮑旭挺仗飛刀，項充、李衮各舞槍牌，殺過對陣來，南兵大亂。

宋江驅兵趕殺，正迎着方貌大隊人馬，兩邊各把弓箭射住陣脚，各列成陣勢。南軍陣上，一字擺開八將。方貌在中軍聽得説殺了吕樞密，心中大怒，便横戟出馬來，大駡宋江道：『量你等衹是梁山泊一伙打家劫舍的草賊，宋朝合敗，封你爲先鋒，領兵侵入吴地，我今直把你誅盡殺絶，方才罷兵！』宋江在馬上指道：『你這厮衹是睦州一伙村夫，量你有甚福禄，妄要圖王霸業！不如及早投降，免汝一死。天兵到此，尚自巧言抗拒。我若不把你殺盡，誓不回軍！』方貌喝道：『且休與你論口。我手下有八員猛將在此，你敢撥八個出來厮殺麽？』

宋江笑道：『若是我兩個并你一個，也不算好漢。你使八個出來，我使八員首將和你比試本事，便見輸贏。但是殺下馬的，各自抬回本陣，不許暗箭傷人，亦不許搶擄尸首。如若不見輸贏，不得混戰，明日再約厮殺。』方貌聽了，便叫八將出來，各執兵器，驟馬向前。宋江道：『諸將相讓馬軍出戰。』説言未絶，八將齊出。那八人：關勝、花榮、徐寧、秦明、朱仝、黄信、孫立、郝思文。宋江陣内，門旗開處，左右兩邊，分出八員首將，齊齊驟馬，直臨陣上。兩軍中花腔鼓擂，雜彩旗摇，各家放了一個號炮，兩軍助着喊聲，十六騎馬齊出，各自尋着敵手，捉對兒厮殺。那十六員將佐，如何見得尋着敵手，配合交鋒？關勝戰劉贇，秦明戰張威，花榮戰徐方，徐寧戰鄔福，朱仝戰茍正，黄信戰郭世廣，孫立戰甄誠，郝思文戰昌盛。兩陣上主帥立了信約。十六員大將交鋒厮殺，真乃是堪描堪畫。但見：

徽塵迷鐵甲，殺氣罩銀盔。綉旗風擺團花，駿馬烟籠金鞍。英雄關勝，舞青龍刀直奔劉贇；猛健徐寧，挺金槍勇衝鄔福。節級朱仝逢茍正，鐵鞭孫立遇甄誠。秦明使棍戰張威，郭世廣正當黄信。徐方舉槊斬花榮，架隔難收；昌盛横刀敵思文，遮攔不住。

這一十六員猛將，各人都是英雄，用心相敵。鬥到三十合之上，數中一將，翻身落馬。贏得的是誰？美髯公朱仝，一槍把茍正刺下馬來。兩陣上各自鳴金收軍，七對將軍分開。兩下各回本陣。

三大王方貌見折了一員大將，尋思不利，引兵退回蘇州城内。宋江當日催趲軍馬，直近寒山寺下寨。升賞朱仝，裴宣寫了軍狀，申復張招討，不在話下。

且説三大王方貌退兵入城，堅守不出，分調諸將，守把各門，深栽鹿角，城上列着踏弩硬弓，擂木炮石，窩鋪内熔煎金汁，女墻邊堆垛灰瓶，準備牢守城池。

次日，宋江見南兵不出，引了花榮、徐寧、黄信、孫立，帶領三十餘騎馬軍，前來看城。見蘇州城郭，一周遭都是水港環繞，墻垣堅固，想道：『急不能夠打得城破。』回到寨中，和吴用計議攻城之策。有人報道：『水軍頭領正將李俊，從江陰來見主將。』宋江教請入帳中。見了李俊，宋江便問沿海消息。李俊答道：『自從撥領水軍，一同石秀等，殺至江陰、太倉沿海等處，守將嚴勇、副將李玉，部領水軍船隻，出戰交鋒。嚴勇在船上被阮小二一槍搠下水去，李玉已被亂箭射死，因此得了江陰、太倉。即目石秀、張横、張順去取嘉定，三阮去取常熟，小弟特來報捷。』宋江見説大喜，賞賜了李俊，着令自往常州，去見張、劉二招討，投下申狀。

且説這李俊徑投常州來，見了張招討、劉都督，備説收復了江陰、太倉海島去處，殺了賊將嚴勇、李玉。張招討給與了賞賜，令回宋先鋒處聽調。李俊回到寒山寺寨中，來見宋先鋒。宋江因見蘇州城外，水面空闊，必用水軍船隻厮殺，因此就留下李俊，教整點船隻，準備行事。李俊説道：『容俊去看水面闊狹，如何用兵，却作道理。』宋江道：『是。』李俊去了兩日，回來説道：『此城正南上相近太湖，兄弟欲得備舟一隻，投宜興小港，私入太湖裏去，出吴江，探聽南邊消息，然後可以進兵，四面夾攻，方可得破。』宋江道：『賢弟此言極當，正合吾意。祇是没有副手與你同去。』隨即便撥李大官人帶同孔明、孔亮、施恩、杜興四個，去江陰、太倉、昆山、常熟、嘉定等處協助水軍，收復沿海縣治，便可替回童威、童猛來幫助李俊行事。李應領了軍帖，辭别宋江，引四員偏將，投江陰去了。不過兩日，童威、童猛回來，參見宋先鋒。宋江撫慰了，就叫隨從李俊，乘駕小船，前去探聽南邊消息。

且説李俊帶了童威、童猛，駕起一葉扁舟，兩個水手摇櫓，五個人徑奔宜興小港裏去，盤旋直入太湖中來。看那太湖時，果然水天空闊，萬頃一碧。但見：

天連遠水，水接遥天。高低水影無塵，上下天光一色。雙雙野鷺飛來，點破碧琉璃；兩兩輕鷗驚起，衝開青翡翠。春光淡蕩，溶溶波皺魚鱗；夏雨滂沱，滚滚浪翻銀屋。秋蟾皎潔，金蛇游走波瀾；冬雪紛飛，玉蝶彌漫天地。混沌鑿開元氣窟，馮夷獨占水晶宫。仙子時時飛寶劍，聖僧夜夜伏驪龍。

又有詩爲證：

溶溶漾漾白鷗飛，綠淨春深好染衣。南去北來人自老，夕陽常送釣船歸。

當下李俊和童威、童猛并兩個水手，駕着一葉小船，徑奔太湖，漸近吴江，遠遠望見一派魚船，約有四五十隻。李俊道：『我等衹做買魚，去那裏打聽一遭。』五個人一徑搖到那打魚船邊。李俊問道：『漁翁，有大鯉魚麽？』漁人道：『你們要大鯉魚，隨我家裏去賣與你。』李俊搖着船，跟那幾隻魚船去。没多時，漸漸到一個處所。看時，團團一遭，都是駝腰柳樹，籬落中有二十餘家。那漁人先把船來纜了，隨即引李俊、童威、童猛三人上岸，到一個莊院裏。一脚入得莊門，那人嗽了一聲，兩邊鑽出七八條大漢，都拿着撓鈎，把李俊三人一齊搭住，徑捉入莊裏去。不問事情，便把三人都綁在樁木上。

李俊把眼看時，衹見草廳上坐着四個好漢。爲頭那個赤鬚黄髮，穿着領青綢衲襖；第二個瘦長短髯，穿着一領黑綠盤領木綿衫；第三個黑面長鬚，第四個骨臉闊腮，扇圈胡鬚，兩個都一般穿着領青衲襖子。頭上各帶黑氈笠兒，身邊都倚着軍器。爲頭那個喝問李俊道：『你等這厮們，都是那裏人氏？來我這湖泊裏做什麽？』李俊應道：『俺是揚州人，來這裏做客，特來買魚。』那第四個骨臉的道：『哥哥休問他，眼見得是細作了。衹顧與我取他心肝來吃酒。』李俊聽得這話，尋思道：『我在潯陽江上做了許多年私商，梁山泊内又妝了幾年的好漢，却不想今日結果性命在這裏！罷，罷，罷！』嘆了口氣，看着童威、童猛道：『今日是我連累了兄弟兩個，做鬼也衹是一處去！』童威、童猛道：『哥哥休説這話！我們便死也夠了。衹是死在這裏，埋没了兄長大名！』三面厮覷着，腆起胸脯受死。

那四個好漢却看了他們三個，説了一回，互相厮覷道：『這個爲頭的人，必不是以下之人。』那爲頭的好漢又問道：『你三個正是何等樣人？可通個姓名，教我們知道。』李俊又應道：『你們要殺便殺，我等姓名，至死也不説與你，枉惹的好漢們耻笑！』那爲頭的見説了這話，想這三人必是好漢，便跳起來，把刀都割斷了繩索，放起這三個人來。四個漁人，都扶他至屋内請坐。爲頭那個納頭便拜，説道：『我等做了一世强人，不曾見你這般好義氣人物，好漢！三位老兄正是何處人氏？願聞大名姓字。』李俊道：『眼見得你四位大哥，必是個好漢了。便説與你，隨你們拿我三個那裏去。我三個是梁山泊宋公明手下副將：混江龍李俊的便是；這兩個兄弟，一個是出洞蛟童威，一個是翻江蜃童猛。今來受了朝廷招安，新破大遼，班師回京，又奉敕命，來收方臘。你若是方臘手下人員，便解我三人去請賞，休想我們掙扎！』

那四個聽罷，納頭便拜，齊齊跪道：『有眼不識泰山，却才甚是冒瀆，休怪！休怪！俺四個弟兄，非是方臘手下賊兵。原舊都在綠林叢中討衣吃飯，今來尋得這個去處，地名唤做榆柳莊，四下裏都是深港，非船莫能進。俺四個衹着打魚的做眼，太湖裏面尋些衣食。近來一冬，都學得些水勢，因此無人敢來侵傍。俺們也久聞你梁山泊宋公明招集天下好漢，并兄長大名，亦聞有個浪裏白跳張順。不想今日得遇哥哥。』李俊道：『張順是我弟兄，亦做同班水軍頭領，現在江陰地面，收捕賊人。改日同他來，却和你們相會。願求你等四位大名。』爲頭那一個道：『小弟們因在綠林叢中走，都有异名，哥哥勿笑！小弟是赤鬚龍費保，一個是卷毛虎倪雲，一個是太湖蛟卜青，一個是瘦臉熊狄成。』

李俊聽説了四個姓名，大喜道：『列位從此不必相疑。俺哥哥宋公明，現做收方臘正先鋒，即目要取蘇州，不得次第，特差我三個來探路。今既得遇你四位好漢，可隨我去見俺先鋒，都保你們做官。待收了方臘，朝廷升用。』費保道：『容復：若是我四個要做官時，方臘手下，也得個統制做了多時，所以不願爲官，衹求快活。若是哥哥要我四人幫助時，水裏水裏去，火裏火裏去。若説保我做官時，其實不要。』李俊道：『既是恁地，我等衹就這裏結義爲兄弟如何？』四個好漢見説大喜，便叫宰了一口猪，一腔羊，置酒設席，結拜李俊爲兄。李俊叫童威、童猛都結義了。

七個人在榆柳莊上商議，說宋公明要取蘇州一事。『方貌又不肯出戰，城池四面是水，無路可攻，舟船港狹難以進，祇似此怎得城子破？』費保道：『哥哥且寬心住兩日。杭州不時間有方臘手下人來蘇州公幹，可以乘勢智取城郭。小弟使幾個打魚的去緝聽，若還有人來時，便定計策。』李俊道：『此言極妙！』費保便喚幾個漁人，先行去了，自同李俊每日在莊上飲酒。在那裏住了兩三日，祇見打魚的回來報道：『平望鎮上，有十數隻遞運船隻，船尾上都插着黃旗，旗上寫着「承造王府衣甲」，眼見的是杭州解來的。每隻船上，祇有五七人。』李俊道：『既有這個機會，萬望兄弟們助力。』費保道：『祇今便往。』李俊道：『但若是那船上走了一個，其計不諧了。』費保道：『哥哥放心，都在兄弟身上。』隨即聚集六七十隻打魚小船。七籌好漢，各坐一隻，其餘都是漁人。各藏了暗器，盡從小港透入大江，四散接將去。

當夜星月滿天，那十隻官船都灣在江東龍王廟前。費保船先到，唿起一聲號哨，六七十隻魚船一齊攏來，各自幫住大船。那官船裏人急鑽出來，早被撓鉤搭住，三個五個，做一串兒縛了。及至跳得下水的，都被撓鉤搭上船來。盡把小船帶住官船，都移入太湖深處。直到榆柳莊時，已是四更天氣。閑雜之人，都縛做一串，把大石頭墜定，拋在太湖裏淹死。捉得兩個爲頭的來問時，原來是守把杭州方臘大太子南安王方天定手下庫官，特奉令旨，押送新造完鐵甲三千副，解赴蘇州三大王方貌處交割。李俊問了姓名，要了一應關防文書，也把兩個庫官殺了。李俊道：『須是我親自去和哥哥商議，方可行此一件事。』費保道：『我着人把船渡哥哥，從小港裏到軍前覺近便。』就叫兩個漁人，搖一隻快船送出去。李俊分付童威、童猛并費保等：『且教把衣甲船隻，悄悄藏在莊後港內，休得吃人知覺了。』費保道：『無事。』自來打并船隻。

却說李俊和兩個漁人，駕起一葉快船，徑取小港，稍到軍前寒山寺上岸。來至寨中，見了宋先鋒，備說前事。吳用聽了，大喜道：『若是如此，蘇州唾手可得。便請主將傳令，就差李逵、鮑旭、項充、李衮帶領衝陣牌手二百人，跟隨李俊回太湖莊上，與費保等四位好漢，如此行計。約在第二日進發。』李俊領了軍令，帶同一行人，直到太湖邊來。三個先過湖去，却把船隻接取李逵等一干人，都到榆柳莊上。李俊引着李逵、鮑旭、項充、李衮四個，和費保等相見了。費保看見李逵這般相貌，都皆駭然。邀取二百餘人，在莊上置備酒食相待。

到第三日，衆人商議定了，費保扮做解衣甲正庫官，倪雲扮做副使，都穿了南官的號衣，將帶了一應關防文書。衆漁人都裝做官船上梢公水手。却藏黑旋風等二百餘人將校在船艙裏。卜青、狄成押着後船，都帶了放火的器械。却欲要行動，衹見漁人又來報道：『湖面上有一隻船，在那裏搖來搖去。』李俊道：『又來作怪！』急急自去看時，船頭上立着兩個人，看來却是神行太保戴宗和轟天雷凌振。李俊唿了一聲號哨，那隻船飛也似奔來莊上，到得岸邊，上岸來，都相見了。李俊問：『二位何來？甚事見報？』戴宗道：『哥哥急使李逵來了，正忘却一件大事，特地差我與凌振賫一百號炮在船裏，湖面上尋趕不上，這裏又不敢攏來傍岸，教兄弟明早卯時進城，到得裏面，便放這一百個火炮爲號。』李俊道：『最好！』便就船裏，搬過炮籠炮架來，都藏埋衣甲船內。費保等聞知是戴宗，又置酒設席管待。凌振帶來十個炮手，都埋伏攏在第三隻船內。當夜四更，離莊望蘇州來。

五更已後，到得城下。守門軍士，在城上望見是南國旗號，慌忙報知。管門大將却是飛豹大將軍郭世廣，親自上城來，問了小校備細，接取關防文書，吊上城來看了。郭世廣使人賫至三大王府裏，辨看了來文。又差人來監視，却才教放入城門。郭世廣直在水門邊坐地，再叫人下船看時，滿滿地堆着鐵甲號衣，因此一隻隻都放入城去。放過十隻船了，便關水門。三大王差來的監視官員，引着五百軍在岸上跟定，便着灣住了船。李逵、鮑旭、項充、李衮，從船艙裏鑽出來。監視官見了四個人形容粗醜，急待問是甚人時，項充、李衮早舞起團牌，飛出一把刀來，把監視官剁下馬去。那五百軍欲待上船，被李逵掣起雙斧，早跳在岸上，一連砍翻十數個，那五百軍人都走了。船裏衆好漢并牌手二百餘人，一齊上岸，便放起火來。凌振就岸邊撒開炮架，搬出號炮，連放了十數個。那炮震得城樓也動，四下裏打將入去。

三大王方貌正在府中計議，聽的火炮接連響，驚的魂不附體。各門守將聽得城中炮響不絕，各引兵奔城中來。各門飛報：『南軍都被冷箭射死，宋軍已上城了。』蘇州城内鼎沸起來，正不知多少宋軍入城。黑旋風李逵和鮑旭引着兩個牌手，在城裏横衝直撞，追殺南兵。李俊、戴宗引着費保四人，護持凌振，衹顧放炮。宋江已調三路軍將取城。宋兵人馬殺入城來，南軍漫散，各自逃生。

且說三大王方貌急急披挂上馬，引了五七百鐵甲軍，奪路待要殺出南門，不想正撞見黑旋風李逵這一伙，殺得鐵甲軍東西亂竄，四散奔走。小巷裏又撞出魯智深，輪起鐵禪杖打將來。方貌抵當不住，獨自躍馬再回府來。烏鵲橋下轉出武松，趕上一刀，掠斷了馬脚，方貌倒攧將下來，被武松再復一刀砍了，提首級徑來中軍，參見先鋒請功。此時宋江已進城中王府坐下，令諸將各自去城裏搜殺南軍，盡皆捉獲。單衹走了劉贇一個，領了些敗殘軍兵，投秀州去了。有詩爲證：

神器從來不可幹，僭王稱號詎能安？
武松立馬誅方貌，留與奸臣做樣看。

宋江到王府坐下，便傳下號令，休教殺害良民百姓。一面教救滅了四下裏火。便出安民文榜，曉諭軍民。次後聚集諸將，到府請功。已知武松殺了方貌，朱仝生擒徐方，史進生擒了甄誠，孫立鞭打死張威，李俊槍刺死昌盛，樊瑞殺死鄔福。宣贊和郭世廣鏖戰，你我相傷，都死于飲馬橋下。其餘都擒得牙將，解來請功。宋江見折了醜郡馬宣贊，傷悼不已，便使人安排花棺彩槨，迎去虎邱山下殯葬。把方貌首級并徐方、甄誠，解赴常州張招討軍前施行。張招討就將徐方、甄誠碎剮于市，方貌首級，解赴京師；回將許多賞賜，來蘇州給散衆將。張招討移文申狀，請劉光世鎮守蘇州，却令宋先鋒沿便進兵，收捕賊寇。衹見探馬報道：『劉都督、耿參謀來守蘇州。』當日衆將都跟着宋先鋒迎接劉光世等官入城。王府安下，參賀已了。宋江衆將，自來州治議事，使人去探沿海水軍頭領消息如何。却早報説，沿海諸處縣治，聽得蘇州已破，群賊各自逃散，海僻縣道，盡皆平靜了。宋江大喜，申達文書到中軍報捷，請張招討曉諭舊官復職，另撥中軍統制，前去各處守御安民，退回水軍頭領正偏將佐，來蘇州調用。數日之間，統制等官各自分投去了。水軍頭領都回蘇州，訴説三阮打常熟，折了施恩，又去攻取昆山，折了孔亮。石秀、李應等盡皆回了，施恩、孔亮不識水性，一時落水，俱被淹死。宋江見又折了二將，心中大憂，嗟嘆不已。武松念起舊日恩義，也大哭了一場。

費保等四人，來辭宋先鋒，要回去。宋江堅意相留，不肯，重賞了四人，再令李俊送費保等回榆柳莊去。李俊當時又和童威、童猛送費保四人到榆柳莊上，費保等又治酒設席相款。飲酒中間，費保起身與李俊把盞，説出幾句言語來。有分教：李俊名聞海外，聲播寰中。去作化外國王，不犯中原之境。正是：了身達命蟾離殼，立業成名魚化龍。

畢竟費保與李俊説出甚言語來，且聽下回分解。

第一百十四回　寧海軍宋江弔孝　湧金門張順歸神

話説當下費保對李俊説道：『小弟雖是個愚鹵匹夫，曾聞聰明人道：世事有成必有敗，爲人有興必有衰。哥哥在梁山泊勛業，到今已經數十餘載，更兼百戰百勝。去破大遼時，不曾損折了一個弟兄。今番收方臘，眼見挫動鋭氣，天數不久。爲何小弟不願爲官爲將？有日太平之後，一個個必然來侵害你性命。自古道：太平本是將軍定，不許將軍見太平。此言極妙。今我四人既已結義了哥哥三人，何不趁此氣數未盡之時，尋個了身達命之處，對付些錢財，打了一隻大船，聚集幾人水手，江海内尋個净辦處安身，以終天年，豈不美哉！』李俊聽罷，倒地便拜，説道：『仁兄，重蒙教導，指引愚迷，十分全美。祇是方臘未曾剿得，宋公明恩義難抛，行此一步未得。今日便隨賢弟去了，全不見平生相聚的義氣。若是衆位肯姑待李俊，容待收伏方臘之後，李俊引兩個兄弟徑來相投，萬望帶挈。是必賢弟們先準備下這條門路。若負今日之言，天實厭之，非爲男子也。』那四個道：『我等準備下船隻，專望哥哥到來，切不可負約！』李俊、費保結義飲酒，都約定了，誓不負盟。

次日，李俊辭别了費保四人，自和童威、童猛回來參見宋先鋒，俱説費保等四人不願爲官，祇願打魚快活。宋江又嗟嘆了一回，傳令整點水陸軍兵起程。吴江縣已無賊寇，直取平望鎮，長驅人馬進發，前望秀州而來。本州守將段愷聞知蘇州三大王方貌已死，祇思量收拾走路。使人探知大軍離城不遠，遥望水陸路上旌旗蔽日，船馬相連，嚇得魂消膽喪。前隊大將關勝、秦明已到城下，便分調水軍船隻，圍住西門。段愷在城上叫道：『不須攻擊，準備納降。』隨即開放城門。段愷香花燈燭，牽羊擔酒迎接宋先鋒入城，直到州治歇下。

段愷爲首參見了。宋江撫慰段愷，復爲良臣。便出榜安民。段愷稟説：『愷等原是睦州良民，累被方臘殘害，不得已投順部下。今得天兵到此，安敢不降。』宋江備問：『杭州寧海軍城池，是甚人守據？有多少人馬良將？』段愷稟道：『杭州城郭闊遠，人烟稠密。東北旱路，南面大江，西面是湖。乃是方臘大太子南安王方天定守把，部下有七萬餘軍馬，二十四員戰將，四個元帥，共是二十八員。爲首兩個最了得。一個是歙州僧人，名號寶光如來，俗姓鄧，法名元覺，使一條禪杖，乃是渾鐵打就的，可重五十餘斤，人皆稱爲國師。又一個，乃是福州人氏，姓石名寶，慣使一個流星錘，百發百中，又能常使一口寶刀，名爲劈風刀，可以裁銅截鐵，遮莫三層鎧甲，如劈風一般過去。外有二十六員，都是遴選之將，亦皆悍勇。主帥切不可輕敵。」

宋江聽罷，賞了段愷，便教去張招討軍前説知備細。後來段愷就跟了張招討行軍，守把蘇州。却委副都督劉光世來秀州守御。宋先鋒却移兵在檇李亭下寨。當與諸將筵宴賞軍，商議調兵攻取杭州之策。衹見小旋風柴進起身道：「柴某自蒙兄長高唐州救命已來，一向累蒙仁兄顧愛，坐享榮華，奈緣命薄功微，不曾報得恩義。今願深入方臘賊巢，去做細作，成得一陣功勛，報效朝廷，也與兄長有光。未知尊意肯容否？」宋江大喜道：「若得大官人肯去，直入賊巢，知得裏面溪山曲折，可以進兵，生擒賊首方臘，解上京師，方表微功，同享富貴。衹恐賢弟路程勞苦，去不得。」柴進道：「情願捨死一往，有何不可。衹是得燕青爲伴同行最好。此人曉得諸路鄉談，更兼見機而作。」宋江道：「賢弟之言，無不依允。衹是燕青撥在盧先鋒部下，便可行文取來。」正商議未了，聞人報道：「盧先鋒特使燕青到來報捷。」宋江見報大喜，説道：「賢弟此行必成大功矣！恰限燕青到來，也是吉兆。」柴進也喜。

燕青到寨中，上帳拜罷宋江，吃了酒食。問道：「賢弟水路來，旱路來？」燕青答道：「乘船到此。」宋江又問道：「戴宗回時説道，進兵攻取湖州之事如何？」燕青禀道：「自離宣州，盧先鋒分兵兩處：先鋒自引一半軍馬攻打湖州，殺死僞留守弓温并手下副將五員，收伏了湖州，殺散了賊兵，安撫了百姓，一面行文申復張招討，撥統制守御。特令燕青來報捷。主將所分這一半人馬，叫林沖引領，前去收取獨松關，都到杭州聚會。小弟來時，聽得説獨松關路上，每日厮殺，取不得關。先鋒又同朱武去了，囑付委呼延將軍統領軍兵，守住湖州。待中軍招討調撥得統

制到來，護境安民，才一面進兵攻取德清縣，到杭州會合。」宋江又問道：「湖州守御取德清，并調去獨松關厮殺，兩處分的人將，你且説與我姓名，共是幾人去，并幾人跟呼延灼來？」燕青道：「有單在此：分去獨松關厮殺取關，現有正偏將佐二十三員：

先鋒　盧俊義　朱武　林沖　董平
張清　解珍　解寶　呂方　郭盛
歐鵬　鄧飛　李忠　周通　鄒淵
鄒潤　孫新　顧大嫂　李立　白勝
湯隆　朱貴　朱富　時遷

現在湖州守御，即目進兵德清縣，現有正偏將佐一十九員：

呼延灼　索超　穆弘　雷橫　楊雄
劉唐　單廷珪　魏定國　陳達　楊春
薛永　杜遷　穆春　李雲　石勇
龔旺　丁得孫　張青　孫二娘

這兩處將佐通計四十二員。小弟來時，那裏商議定了目下進兵。」

宋江道：「既然如此，兩路進兵攻取最好。却才柴大官人要和你去方臘賊巢裏面去做細作，你敢去麽？」燕青道：「主帥差遣，安敢不從？小弟願往，陪侍柴大官人衹顧投那裏去。」柴進甚喜，便道：「我扮做個白衣秀才，你扮做個僕者。一主一僕，背着琴劍書箱上路去，無人疑忌。直去海邊尋船，使過越州，却取小路去諸暨縣。就那裏穿過山路，取睦州不遠了。」

商議已定，擇一日，柴進、燕青辭了宋先鋒，收拾琴劍書箱，自投海邊尋船過去做細作，不在話下。

且説軍師吴用再與宋江道：『杭州南半邊有錢塘大江，通達海島。若得幾個人駕小船從海邊去，進赭山門，到南門外江邊，放起號炮，竪立號旗，城中必慌。你水軍中頭領誰人去走一遭？』話猶未了，張横、三阮道：『我們都去。』宋江道：『杭州西路又靠着湖泊，亦要水軍用度，你等不可都去。』吴用道：『祇可叫張横同阮小七駕船，將引侯健、段景住去。』當時撥了四個人，引着三十餘個水手，將帶了十數個火炮號旗，自來海邊尋船，望錢塘江裏進發。

看官聽説，這回話都是散沙一般。先人書會留傳，一個個都要説到，祇是難做一時説，慢慢敷演關目，下來便見。看官祇牢記關目頭行，便知衷曲奥妙。

再説宋江分調兵將已了，回到秀州，計議進兵攻取杭州。忽聽得東京有使命賫捧御酒賞賜到州。宋江引大小將校，迎接入城，謝恩已罷，作御酒公宴管待天使。飲酒中間，天使又將出太醫院奏准，爲上皇乍感小疾，索取神醫安道全回京，駕前委用。降下聖旨，就令來取。宋江不敢阻當。次日，管待天使已了，就行起送安道全赴京。宋江等送出十里長亭餞行，安道全自同天使回京。有詩贊曰：

安子青囊藝最精，山東行散有聲名。人誇脉得倉公妙，自負丹如葪子成。刮骨立看金鏃出，解肌時有刃痕平。梁山結義堅如石，此别難忘手足情。

再説宋江把頒降到賞賜，分俵衆將，擇日祭旗起軍，辭别劉光世、耿參謀上馬進兵，水陸并行，船騎同發。路至崇德縣，守將聞知，奔走回杭州去了。

且説方臘大太子方天定聚集諸將，在行宫議事。今時龍翔宫基址，乃是舊日行宫。方天定手下有四員大將。那四員：

寶光如來國師　鄧元覺　南離大將軍元帥　石寶
鎮國大將軍　厲天閏　護國大將軍　司行方

這四個皆稱元帥，封贈大將軍名號，是方臘加封。又有二十四員偏將。那二十四員：

厲天佑　吴值　趙毅　黄愛　晁中　湯逢士　王績　薛斗南　冷恭
張儉　元興　姚義　温克讓　茅迪
王仁　崔彧　廉明　徐白　張道原
鳳儀　張韜　蘇涇　米泉　貝應夔

這二十四個，皆封爲將軍。共是二十八員大將，都在方天定行宫聚集計議。方天定令旨説道：『即目宋江爲先鋒，水陸并進，過江南來，平折了與他三個大郡。止有杭州是南國之屏障，若有虧失，睦州焉能保守？前者司天太監浦文英，奏是罡星侵入吴地，就裏爲禍不小。正是這伙人了。今來犯吾境界，汝等諸官各受重爵，務必赤心報國，休得怠慢，以負朝廷任用。』衆將啓奏方天定道：『主上寬心！放着許多精兵猛將，未曾與宋江對敵。目今雖是折陷了數處州郡，皆是不得其人，以致如此。今聞宋江、盧俊義分兵三路，來取杭州。殿下與國師謹守寧海軍城郭，作萬年基業。臣等衆將，各各分調迎敵。』太子方天定大喜，傳下令旨，也分三路軍馬前去策應，祇留國師鄧元覺同保城池。分去那三員元帥？乃是：

護國元帥司行方，引四員首將，救應德清：

薛斗南　黄愛　徐白　米泉

鎮國元帥厲天閏，引四員首將，救應獨松關：

厲天佑　張儉　張韜　姚義

南離元帥石寶，引八員首將，總軍出郭迎敵大隊人馬：

溫克讓 趙毅 冷恭 王仁 張道原 吳值 廉明 鳳儀

三員大將，分調三路，各引軍三萬。分撥人馬已定，各賜金帛，催促起身。元帥司行方引了一枝軍馬，救應德清州，望奉口鎮進發；元帥厲天閏引了一枝軍馬，救應獨松關，望餘杭州進發。

且不說兩路策應軍馬去了。却說這宋先鋒大隊軍兵，迤邐前進，來至臨平山，望見山頂一面紅旗，在那裏磨動。宋江當下差正將二員：花榮、秦明，先來哨路，隨即催趲戰船車過長安壩來。花榮、秦明兩個，帶領了一千軍馬，轉過山嘴，早迎着南兵石寶軍馬。手下兩員首將，當先望見花榮、秦明，一齊出馬。一個是王仁，一個是鳳儀，各挺一條長槍，便奔將來。宋軍中花榮、秦明，便把軍馬擺開出戰。秦明手舞狼牙大棍，直取鳳儀；花榮挺槍，來戰王仁。四馬相交，鬥過十合，不分勝敗。秦明、花榮覷見南軍後有接應，都喝一聲：『少歇！』各回馬還陣。花榮道：『且休戀戰，快去報哥哥來，別作商議。』後軍隨即飛報去中軍。

宋江引朱仝、徐寧、黃信、孫立四將，直到陣前。南軍王仁、鳳儀再出馬交鋒，大罵：『敗將敢再出來交戰！』秦明大怒，舞起狼牙棍，縱馬而出，和鳳儀再戰。王仁却搦花榮出戰。祇見徐寧一騎馬，便挺槍殺去。花榮與徐寧是一副一正：金槍手，銀槍手。花榮隨即也縱馬便出，在徐寧背後拈弓取箭在手，不等徐寧、王仁交手，覷得較親，祇一箭，把王仁射下馬去。南軍盡皆失色。鳳儀見王仁被箭射下馬來，吃了一驚，措手不及，被秦明當頭一棍打着，攧下馬去。南兵漫散奔走，宋軍衝殺過去。石寶抵當不住，退回皋亭山來，直近東新橋下寨。當日天晚，策立不定，南兵且退入城去。

次日，宋先鋒軍馬已過了皋亭山，直抵東新橋下寨，傳令教分調本部軍兵，作三路夾攻杭州。那三路軍兵將佐？

一路分撥步軍頭領正偏將，從湯鎮路去取東門，是：

朱仝 史進 魯智深 武松 王英 扈三娘

一路分撥水軍頭領正偏將，從北新橋取古塘，截西路，打靠湖城門：

李俊 張順 阮小二 阮小五 孟康

中路馬步水三軍，分作三隊進發，取北關門、艮山門。前隊正偏將是：

關勝 花榮 秦明 徐寧 郝思文 凌振

第二隊總兵主將宋先鋒，軍師吳用，部領人馬。正偏將是：

戴宗 李逵 石秀 黃信 孫立 樊瑞 鮑旭 項充 李袞

馬麟 裴宣 蔣敬 燕順 宋清 蔡福 蔡慶 鬱保四

第三隊水路陸路助戰策應。正偏將是：

李應 孔明 杜興 楊林 童威 童猛

當日宋江分撥大小三軍已定，各自進發。

有話即長，無話即短。且說中路大隊軍兵，前隊關勝，直哨到東新橋，不見一個南軍。關勝心疑，退回橋外，使人回復宋先鋒。宋江聽了，使戴宗傳令，分付道：『且未可輕進。每日輪兩個頭領出哨。』頭一日是花榮、秦明，第二日徐寧、郝思文。一連哨了數日，又不見出戰。此日又該徐寧、郝思文，兩個帶了數十騎馬，直哨到北關門來，見城門大開着。兩個來到吊橋邊看時，城上一聲擂鼓響，城裏早撞出一彪馬軍來。徐寧、郝思文急回馬時，城西偏路喊聲又起，一百餘騎馬軍衝在前面。徐寧并力死戰，殺出馬軍隊裏，回頭不見了郝思文；再回來看時，見數員將校，把郝思文活捉了入城去。徐寧急待回身，項上早中了一箭，帶着箭飛馬走時，六將背後趕來。路上正逢着關勝，救得回來，血暈倒了。六員南將，已被關勝殺退，自回城裏去了。慌忙報與宋先鋒知道。

宋江急來看徐寧時，七竅內流血。宋江垂淚，便喚隨軍醫士治療，拔去箭矢，用金槍藥敷貼。宋江且教扶下戰船內將息，自來看視。當夜三四次發昏，方知中了藥箭。宋江仰天嘆道：『神醫安道全已被取回京師，此間又無良醫可救，必損吾股肱也！』傷感不已。吳用來請宋江回寨，主議軍情大事，勿以兄弟之情，誤了國家重事。宋江使人送徐寧到秀州去養病。不想箭中藥毒，調治半月之上，金瘡不痊身死。這是後話。且說宋江又差人去軍中打聽郝思文消息。次日，祇見小軍來報道：『杭州北關門城上，把竹竿挑起郝思文頭來示衆。方知道被方天定碎剮了。』宋江見報，好生傷感。後半月，徐寧已死，申文來報。宋江因折了二將，按兵不動，且守住大路。

却說李俊等引兵到北新橋守路，分軍直到古塘深山去處探路，聽得飛報道：折了郝思文，徐寧中箭而死。李俊與張順商議道：『尋思我等這條路道，第一要緊是去獨松關，湖州、德清二處衝要路口，抑且賊兵都在這裏出沒。我們若當住他咽喉道路，被他兩面來夾攻，我等兵少，難以迎敵。不若一發殺入西山深處，却好屯扎。西湖水面好做我們戰場。山西後面通接忠溪，却又好做退步。』便使小校報知先鋒，請取軍令。次後引兵直過桃源嶺西山深處，正在今時靈隱寺屯駐。山北面西溪山口，亦扎小寨，在今時古塘深處。前軍却來唐家瓦出哨。

當日張順對李俊說道：『南兵都已收入杭州城裏去了。我們在此屯兵，今經半月之久，不見出戰，祇在山裏，幾時能夠獲功。小弟今欲從湖裏沒水過去，從水門中暗入城去，放火爲號。哥哥便可進兵，取他水門。就報與主將先鋒，教三路一齊打城。』李俊道：『此計雖好，祇恐兄弟獨力難成。』張順道：『便把這命報答先鋒哥哥許多年好情分，也不多了。』李俊道：『兄弟且慢去，待我先報與哥哥整點人馬策應。』張順道：『我這裏一面行事，哥哥一面使人去報。比及兄弟到得城裏，先鋒哥哥已自知了。』

當晚，張順身邊藏了一把蓼葉尖刀，飽吃了一頓酒食，來到西湖岸邊，看見那三面青山，一湖綠水，遠望城郭，四座禁門，臨着湖岸。那四座門：錢塘門、涌金門、清波門、錢湖門。看官聽說，那時西湖不比南渡以後，安排得十分的富貴。蓋爲金、宋二國講和，罷戰休兵，天下太平，皇帝建都之地，如何不富盛。西湖上排着數十處游賞去處。那時三面青山，景物非常，畫船酒館，水閣涼亭，其實好看。蘇東坡有詩道：

湖光瀲灧晴偏好，山色空蒙雨亦奇。欲把西湖比西子，淡妝濃抹也相宜。

又詩曰：

山外青山樓外樓，西湖歌舞幾時休。暖風熏得游人醉，祇把杭州作汴州。

這西湖景致，自東坡稱贊之後，亦有書會吟詩和韻，不能盡記。又有一篇言語，單道着西湖好景，曲名《水調歌詞》：

三吳都會地，千古羨無窮。鑿開混沌，何年涌出水晶宮。春路如描桃杏發，秋賞金菊芙蓉，夏宴鮮藕池中。柳影六橋明月，花香十里熏風。也宜晴，也宜雨，也宜風，冬景淡妝濃。王孫公子，亭臺閣內，管弦中。北嶺寒梅破玉，南屏九里蒼松。四面青山迭翠，侵漢二高峰。疑是蓬萊景，分開第一重。

這篇詞章，說不盡西湖佳景，以致後人吟咏頗多。再有一篇詞語，亦道着西湖好處。聞名《臨江仙》：

自古錢塘風景，西湖歌舞歡筵。游人終日玩花船，簫鼓夕陽不斷。昭慶壇聖僧古迹，放生池千葉紅蓮。蘇公堤紅桃綠柳，林逋宅竹館梅軒。雷峰塔上景蕭然，清淨慈門亭苑。三天竺曉霞低映，二高峰濃抹雲烟。太子灣一泓秋水，佛國山翠藹連綿。九里松青蘿共翠，雨飛來龍井山邊。西陵橋上水連天，六橋金綫柳，纜住采蓮船。斷橋回首不堪觀，一輦先人不見。

這西湖，故宋時果然景致無比，說之不盡。張順來到西陵橋上，看了半晌。時當春暖，西湖水色拖藍，四面山光迭翠。張順看了道：『我身生在潯陽江上，大風巨浪，經了萬千，何曾見這一湖好水！便死在這裏，也做個快活鬼！』說罷，脫下布衫，放在橋下。頭上挽着個穿心紅的髻兒，下面着腰生絹水裙，系一條搭膊，挂一口尖刀，赤着脚，鑽下湖裏去。却從水底下摸將過湖來。此時已是初更天氣，月色微明。張順摸近涌金門邊，探起頭來，在水面上聽時，城上更鼓却打一更四點，城外静悄悄地没一個人。城上女墻邊，有四五個人在那裏探望。張順再伏在水裏去了。又等半回，再探起頭來看時，女墻邊不見了一個人。張順摸到水口邊看時，一帶都是鐵窗欞隔着。摸裏面時，都是水簾護定。簾子上有繩索，索上縛着一串銅鈴。張順見窗欞牢固，不能夠入城，舒隻手入去扯那水簾時，牽得索子上鈴響。城上人早發起喊來。張順從水底下再鑽入湖裏伏了。聽得城上人馬下來看那水簾時，又不見有人，都在城上説道：『鈴子響得蹺蹊，莫不是個大魚順水游來，撞動了水簾？』衆軍漢看了一回，并不見一物，又各自去睡了。

張順再聽時，城上已打三更。打了好一回更點，想必軍人各自去東倒西歪睡熟了。張順再鑽向城邊去，料是水裏入不得城，爬上岸來看時，那城上不見一個人在上面，便欲要爬上城去。且又尋思道：『倘或城上有人，却不幹折了性命。我且試探一試探。』摸些土塊，擲撒上城去。有不曾睡的軍士叫將起來。再下來看水門時，又没動静。再上城來敵樓上看湖面上時，又没一隻船隻。原來西湖上船隻，已奉方天定令旨，都收入清波門外和净慈港内，别門俱不許泊船。衆人道：『却是作怪！』口裏説道：『定是個鬼。我們各自睡去，休要睬他。』口裏雖説，却不去睡，盡伏在女墻邊。張順又聽了一個更次，不見些動静。却鑽到城邊來，聽上面更鼓不響。張順不敢便上去，又把些土石抛擲上城去，又没動静。張順尋思道：『已是四更，將及天亮。不上城去，更待幾時！』却才爬到半城，祇聽得上面一聲梆子響，衆軍一齊起。張順從半城上跳下水池裏去，待要趁水没時，城上踏弩硬弓、苦竹槍、鵝卵石，一齊都射打下來。可憐張順英雄，就涌金門外水池中身死。才人有詩説道：

潯陽江上英雄漢，水滸城中義烈人。天數盡時無可救，涌金門外已歸神。

話分兩頭。却説宋江日間已接了李俊飛報説：『張順没水入城，放火爲號。』便轉報與東門軍士去了。當夜宋

江在帳中和吳用議事到四更，覺道神思困倦，退了左右，在帳中伏幾而臥。猛然一陣冷風。宋江起身看時，衹見燈燭無光，寒氣逼人，定睛看時，見一個似人非人，似鬼非鬼，立于冷氣之中。看那人時，渾身血污着，低低道：「小弟跟隨哥哥許多年，恩愛至厚。今以殺身報答，死于涌金門下槍箭之中。今特來辭別哥哥。」宋江道：「這個不是張順兄弟！」回過臉來，這邊又見三四個都是鮮血滿身，看不仔細。宋江大哭一聲，驀然覺來，乃是南柯一夢。帳外左右聽得哭聲，入來看時，宋江道：「怪哉！」叫請軍師圓夢。

吳用道：「兄長却才困倦暫時，有何异夢？」宋江道：「適間冷氣過處，分明見張順一身血污，立在此間，告道：「小弟跟着哥哥許多年，蒙恩至厚。今以殺身報答，死于涌金門下槍箭之中。特來辭別。」轉過臉來，這面又立着三四個帶血的人，看不分曉，就哭覺來。」吳用道：「早間李俊報說，張順要過湖裏去，越城放火爲號。莫不衹是兄長記心，却得這惡夢？」宋江道：「衹想張順是個精靈的人，必然死于無辜。」吳用道：「西湖到城邊，必是險隘。想端的送了性命。張順魂來，與兄長托夢。」宋江道：「若如此時，這三四個又是甚人？」和吳學究議論不定，坐而待旦，絕不見城中動靜，心中越疑。看看午後，衹見李俊使人飛報將來，說：「張順去涌金門越城，被箭射死于水中。現今湖西城上，把竹竿挑起頭來，挂着號令。」

宋江見報了，又哭的昏倒。吳用等衆將亦皆傷感。原來張順爲人甚好，深得弟兄情分。宋江道：「我喪了父母，也不如此傷惱！不由我連心透骨苦痛！」吳用及衆將勸道：「哥哥以國家大事爲念，休爲弟兄之情，自傷貴體。」宋江道：「我必須親自到湖邊與他吊孝。」吳用諫道：「兄長不可親臨險地。若賊兵知得，必來攻擊。」宋江道：「我自有計較。」隨即點李逵、鮑旭、項充、李衮四個，引五百步軍去探路。宋江隨後帶了石秀、戴宗、樊瑞、馬麟，引五百軍士，暗暗地從西山小路裏去李俊寨裏。李俊等得知，接至半路，接着。請到靈隱寺中方丈內歇下。宋江又哭了一場，便請本寺僧人，就寺裏誦經追薦張順。

次日天晚，宋江叫小軍去湖邊揚一首白幡，上寫道：「亡弟正將張順之魂。」插于水邊西陵橋上，排下許多祭物。却分付李逵道：「如此，如此。」埋伏在北山路口；樊瑞、馬麟、石秀左右埋伏；戴宗隨在身邊。衹等天色相近一更時分，宋江挂了白袍，金盔上蓋着一層孝絹，同戴宗并五七個僧人，却從小行山轉到西陵橋上。軍校已都列下黑豬白羊金銀祭物，點起燈燭熒煌，焚起香來。宋江在當中證盟，朝着涌金門下哭奠。戴宗立在側邊。先是僧人摇鈴誦咒，攝召呼名，祝贊張順魂魄，降墜神幡。次後戴宗宣讀祭文。宋江親自把酒澆奠，仰天望東而哭。

正哭之間，衹聽得橋下兩邊，一聲喊起；南北兩山，一齊鼓響，兩彪軍馬來拿宋江。正是：方施恩念行仁義，翻作勤王小戰場。正是：直誅南國數員將，攪動西湖萬丈波。

畢竟宋江、戴宗怎地迎敵，且聽下回分解。

悶，眼泪如泉。

吴用道：『既是盧先鋒得勝了，可調軍將去夾攻，南兵必敗，就行接應湖州呼延灼那路軍馬。』宋江應道：『言之極當。』便調李逵、鮑旭、項充、李衮引三千步軍，從山路接將去。黑旋風引了軍兵，歡天喜地去了。且説宋江軍馬攻打東門，正將朱仝等，原撥五千馬步軍兵，從湯鎮路上村中，奔到菜市門外，攻取東門。那時東路沿江都是人家，村居道店賽過城中，茫茫蕩蕩，田園地段。當時來到城邊，把軍馬排開。魯智深首先出陣，步行搦戰，提着鐵禪杖，直來到城下大罵：『蠻撮鳥們出來！和你厮殺！』那城上見是個和尚挑戰，慌忙報入太子宫中來。當有寶光國師鄧元覺，聽的是個和尚勒戰，便起身奏太子道：『小僧聞梁山泊有這個和尚，名爲魯智深，慣使一條鐵禪杖。請殿下去東門城上，看小僧和他步鬥幾合。』方天定見説大喜，傳令旨，遂引八員猛將，同元帥石寶，都來菜市門城上看國師迎敵。當下方天定和石寶在敵樓上坐定，八員戰將簇擁在兩邊，看寶光國師戰時，那寶光和尚怎生結束？但見：

穿一領烈火猩紅直裰，系一條虎筋打就圓絛，挂一串七寶瓔珞數珠，着一雙九環鹿皮僧鞋，襯裏是香綫金獸掩心，雙手使錚光渾鐵禪杖。

當時開城門，放吊橋，那寶光國師鄧元覺，引五百刀手步軍，飛奔出來。魯智深見了道：『原來南軍也有這秃厮出來！灑家教那厮吃俺一百禪杖。』也不打話，輪起禪杖便奔將來。寶光國師也使禪杖來迎。兩個一齊都使禪杖相并。但見：

裊裊垂楊影裏，茸茸芳草郊原。兩條銀蟒飛騰，一對玉龍戲躍。魯智深忿怒，全無清净之心；鄧元覺生嗔，豈有慈悲之念。這個何曾尊佛道，祇于月黑殺人；那個不會看經文，惟要風高放火。這個向靈山會上，惱如來懶坐蓮臺；那個去善法堂前，勒揭諦使回金杵。一個盡世不修梁武懺，一個平生那識祖師禪。

這魯智深和寶光國師鬥過五十餘合，不分勝敗。方天定在敵樓上看了，與石寶道：『祇説梁山泊有個花和尚魯智深，不想原來如此了得，名不虚傳。鬥了這許多時，不曾折半點兒便宜與寶光和尚。』石寶答道：『小將也看得呆了，不曾見這一對敵手！』正説之間，祇聽的飛馬又報道：『北關門下有軍到城下。』石寶慌忙起身去了。且説城下宋軍中，行者武松見魯智深戰寶光不下，恐有疏失，心中焦躁，便舞起雙戒刀，飛出陣來，直取寶光。寶光見他兩個并一個，拖了禪杖，望城裏便走。武松奮勇直趕殺去。忽地城門裏突出一員猛將，乃是方天定手下貝應夔，便挺槍躍馬，接住武松厮殺。兩個正在吊橋上撞着。被武松閃個過，撇了手中戒刀，搶住他槍杆，祇一拽，連人和軍器拖下馬來。嗝察一刀，把貝應夔剁下頭來。魯智深隨後接應了回來。方天定急叫拽起吊橋，收兵入城。這裏朱仝也叫引軍退十里下寨，使人去報捷宋先鋒知會。

當日宋江引軍到北關門搦戰，石寶帶了流星錘上馬，手裏横着劈風刀，開了城門，出來迎敵。宋兵陣上大刀關勝，出馬與石寶交戰。兩個鬥到二十餘合，石寶撥回馬便走。關勝急勒住馬，也回本陣。宋江問道：『緣何不去追趕？』關勝道：『石寶刀法不在關勝之下。雖然回馬，必定有計。』吴用道：『段愷曾説此人慣使流星錘，回馬詐輸，漏人深入重地。』宋江道：『若去追趕，定遭毒手，且收軍回寨。』一面差人去賞賜武松。

却説李逵等引着步軍去接應盧先鋒。來到山路裏，正撞張儉敗軍，并力衝殺入去。亂軍中殺死姚義。有張儉、張韜二人，再奔回關上那條路去。正逢着盧先鋒，大殺一陣，便望深山小路而走。背後追趕得緊急，祇得弃了戰馬，奔走山下逃命。不期竹篥中鑽出兩個人來，各拿一把鋼叉。張儉、張韜措手不及，被兩個拿叉戳翻，直捉下山來。原來戳翻張儉、張韜的是解珍、解寶。盧先鋒見拿二人到來，大喜。與李逵等合兵一處，會同衆將，回到皋亭山大寨中來，參見宋先鋒等。都相見了，訴説折了董平、張清、周通一事，彼各傷感。諸將盡來參拜了宋江，合兵一處下寨。次日，教把張儉解赴蘇州張招討軍前梟首示衆。將張韜就寨前割腹剜心，遥空祭獻董平、張清、周通了當。

宋先鋒與吳用計議道：『啓請盧先鋒領本部人馬，去接應德清縣路上呼延灼等這支軍，同到此間，計合取城。』盧俊義得令，便點本部兵馬起程，取路望奉口鎮進發。三軍路上到得奉口，正迎着司行方敗殘軍兵回來。盧俊義接着，大殺一陣。司行方墜水而死，其餘各自逃散去了。呼延灼參見盧先鋒，合兵一處。回來皋亭山總寨，參見宋先鋒等。諸將會合計議。宋江見兩路軍馬都到了杭州，那宣州、湖州、獨松關等處，皆是張招討、從參謀自調統制，前去各處護境安民，不在話下。

宋江看呼延灼部內，不見了雷横、龔旺二人。呼延灼訴說：『雷横在德清縣南門外，和司行方交鋒，鬥到三十合，被司行方砍下馬去。龔旺因和黃愛交戰，趕過溪來，和人連馬，陷倒在溪裏，被南軍下水亂槍戳死。米泉却是索超一斧劈死。黃愛、徐白，衆將向前活捉在此。司行方趕逐在水裏淹死。薛斗南亂軍中逃難，不知去向。』宋江聽得又折了雷横、龔旺兩個兄弟，泪如雨下，對衆將道：『前日張順與我托夢時，見右邊立着三四個血污衣襟之人，在我面前現形，正是董平、張清、周通、雷横、龔旺這伙陰魂了。我若得了杭州寧海軍時，重重地請僧人設齋做好事，追薦超度衆兄弟。』將黃愛、徐白解赴張招討軍前斬首，不在話下。

當日宋江叫殺牛宰馬，宴勞三軍。次日，與吳用計議定了，分撥正偏將佐，攻打杭州。

副先鋒盧俊義帶領正偏將一十二員，攻打候潮門：

林冲　呼延灼　劉唐　解珍　解寶　單廷珪　魏定國　陳達　楊春　杜遷

李雲　石勇

花榮等正偏將一十四員，攻打艮山門：

花榮　秦明　朱武　黃信　孫立　李忠　鄒淵　鄒潤　李立　白勝　湯隆

穆春　朱貴　朱富

穆弘等正偏將十一員，去西山寨内，幫助李俊等攻打靠湖門：

李俊　阮小二　阮小五　孟康　石秀　樊瑞　馬麟　穆弘　楊雄　薛永

丁得孫

孫新等正偏將八員，去東門寨幫助朱仝攻打菜市、薦橋等門：

朱仝　史進　魯智深　武松　孫新　顧大嫂　孫二娘　張青

東門寨内，取回偏將八員，兼同李應等，管領各寨探事，各處策應：

李應　孔明　楊林　杜興　童猛　童威　王英　扈三娘

正先鋒使宋江，帶領正偏將二十一員，攻打北關門大路：

吳用　關勝　索超　戴宗　李逵　呂方　郭盛　歐鵬　鄧飛

燕順　凌振　鮑旭　項充　李衮　宋清　裴宣　蔣敬　蔡福

蔡慶　時遷　鬱保四

當下宋江調撥將佐，取四面城門。

宋江等部領大隊人馬，直近北關門城下勒戰。城上鼓響鑼鳴，大開城門，放下吊橋，石寶首先出馬來戰。宋軍陣上，急先鋒索超，平生性急，揮起大斧，也不打話，飛奔出來，便鬥石寶。兩馬相交，二將猛戰。未及十合，石寶賣個破綻，回馬便走，索超追趕；關勝急叫休去時，索超臉上着一錘，打下馬去。鄧飛急去救時，石寶馬到，鄧飛措手不及，又被石寶一刀砍做兩段。城中寶光國師引了數員猛將，衝殺出來。宋兵大敗，望北而走。却得花榮、秦明等刺斜裏殺將來，衝退南軍，救得宋江回寨。石寶得勝，歡喜回城中去了。

宋江等回到皋亭山大寨歇下，升帳而坐，又見折了索超、鄧飛二將，心中好生納悶。吴用諫道：『城中有此猛將，衹宜智取，不可對敵。』宋江道：『似此損兵折將，用何計可取？』吴用道：『先鋒計會各門了當，再引軍攻打北關門。城裏兵馬，必然出來迎敵。我却佯輸詐敗，誘引賊兵遠離城郭。放炮爲號，各門一齊打城。但得一門軍馬進城，便放起火來應號。賊兵必然各不相顧，可獲大功。』宋江便喚戴宗傳令知會。次日，令關勝引些少馬軍去北關門城下勒戰。城上鼓響，石寶引軍出城，和關勝交馬。戰不過十合，關勝急退。石寶軍兵趕來。凌振便放起炮來。號炮起時，各門都發起喊來，一齊攻城。

且說副先鋒盧俊義，引着林沖等，調兵攻打候潮門。軍馬來到城下，見城門不關，下着吊橋。劉唐要奪頭功，一騎馬，一把刀，直搶入城去。城上看見劉唐飛馬奔來，一斧砍斷繩索，墜下閘板。可憐悍勇劉唐，連馬和人，同死于門下。原來杭州城子，乃錢王建都，制立三重門關。外一重閘板，中間兩扇鐵葉大門，裏面又是一層排栅門。劉唐搶到城門下，上面早放下閘板來，兩邊又有埋伏軍兵。劉唐如何不死。林沖、呼延灼見折了劉唐，領兵回營，報復盧俊義。各門都入不去，衹得且退。使人飛報宋先鋒大寨知道。宋江聽得又折了劉唐，被候潮門閘死，痛哭道：『屈死了這個兄弟！自鄆城縣結義，跟着晁天王上梁山泊，受了許多年辛苦，不曾快樂。大小百十場，出戰交鋒，出百死得一生，未嘗折了鋭氣。誰想今日却死于此處！』軍師吴用道：『此非良法。這計不成，倒送了一個兄弟。且教各門退軍，别作道理。』

宋江心焦，急欲要報仇雪恨，嗟嘆不已。部下黑旋風便道：『哥哥放心，我明日和鮑旭、項充、李衮四個人，好歹要拿石寶那厮。』宋江道：『那人英雄了得，你如何近傍得他！』李逵道：『我不信！我明日不捉得他，不來見哥哥面。』宋江道：『你衹小心在意，休覷得等閑！』

黑旋風李逵回到自己帳房裏，篩下大碗酒，大盤肉，請鮑旭、項充、李衮來吃酒，説道：『我四個從來做一路廝殺。今日我在先鋒哥哥面前，砍了大嘴，明日要捉石寶那厮。你三個不要心懶。』鮑旭道：『哥哥今日也教馬軍向前，明日也教馬軍向前。今晚我等約定了，來日務要齊心向前，捉石寶那厮，我們四個都争口氣。』

次日早晨，李逵等四人吃得醉飽了，都拿軍器出寨，『請先鋒哥哥看厮殺』。宋江見四個都半醉，便道：『你四個兄弟休把性命作戲！』李逵道：『哥哥休小覷我們！』宋江道：『衹願你們應得口便好。』宋江上馬，帶同關勝、歐鵬、吕方、郭盛四個馬軍將佐，來到北關門下，擂鼓摇旗搦戰。李逵火雜雜地拿着雙斧，立在馬前。鮑旭挺着板刀，睁着怪眼，衹待厮殺。項充、李衮各挽一面團牌，插着飛刀二十四把，挺鐵槍伏在兩側。衹見城上鼓響鑼鳴，石寶騎着一匹瓜黄馬，拿着劈風刀，引兩員首將出城來迎敵。上首吴值，下首廉明，三員將却才出得城來，李逵是個不怕天地的人，大吼了一聲，四個直奔到石寶馬頭前來。石寶便把劈風刀去迎時，早來到懷裏。李逵一斧斫斷馬脚。石寶便跳下來，望馬軍群裏躲了。鮑旭早把廉明一刀砍下馬來。兩個牌手早飛出刀來，空中似玉魚亂躍，銀葉交加。

宋江把馬軍衝到城邊時，城上擂木炮石亂打下來。宋江怕有疏失，急令退軍。不想鮑旭早鑽入城門裏去了。宋江衹叫得苦。石寶却伏在城門裏面，看見鮑旭搶將入來，刺斜裏衹一刀，早把鮑旭砍做兩段。項充、李衮急護得李逵回來。宋江軍馬退還本寨。又見折了鮑旭，宋江越添愁悶。李逵也哭奔回寨裏來。吴用道：『此計亦非良策。雖是斬得他一將，却折了李逵的副手。』

正是衆人煩惱間，衹見解珍、解寶到寨來報事。宋江問其備細時，解珍禀道：『小弟和解寶直哨到南門外二十餘里，地名范村。見江邊泊着一連有數十隻船。下去問時，原來是富陽縣裏袁評事解糧船。小弟欲要把他殺了，本人哭道：「我等皆是大宋良民，累被方臘不時科斂。但有不從者，全家殺害。我等今得天兵到來剪除，衹指望再見太平之日，誰想又遭横亡！」小弟見他説的情切，不忍殺他。又問他道：「你緣何却來此處？」他説：「爲

近奉方天定令旨，行下各縣，要刷洗村坊，着科斂白糧五萬石。老漢爲頭，斂得五千石，先解來交納。今到此間，爲大軍圍城廝殺，不敢前去，屯泊在此。」小弟得了備細，特來報知主將。」

吴用大喜道：「此乃天賜其便。這些糧船上定要立功。」便請先鋒傳令：「就是你兩個弟兄爲頭，帶將炮手凌振，并杜遷、李雲、石勇、鄒淵、鄒潤、李立、白勝、穆春、湯隆；王英、扈三娘，孫新、顧大嫂，張青、孫二娘三對夫妻，扮做梢公梢婆，都不要言語，混雜在梢後，一攬進得城去，便放連珠炮爲號。我這裏自調兵來策應。」解珍、解寶喚袁評事上岸來，傳下宋先鋒言語道：「你等既宋國良民，可依此行計。事成之後，必有重賞。」

此時不由袁評事不從。許多將校已都下船，却把船上梢公人等，都祇留在船上雜用。却把梢公衣服脱來，與王英、孫新、張青穿了，裝扮做梢公。扈三娘、顧大嫂、孫二娘三人女將，扮做梢婆。小校人等都做摇船水手。軍器衆將都埋藏在船艙裏。把那船一齊都放到江岸邊。此時各門圍哨的宋軍，也都不遠。袁評事上岸，解珍、解寶和那數個梢公跟着，直到城下叫門。城上得知，問了備細來情，報入太子宫中。方天定便差吴值開城門，直來江邊，點了船隻，回到城中，奏知方天定。方天定差下六員將引一萬軍出城，攔住東北角上，着袁評事搬運糧米，入城交納。此時衆將人等都雜在梢公水手人內，混同搬糧運米入城。三個女將也隨入城裏去了。五千糧食，須臾之間，都搬運已了。六員首將却統引軍入城中。宋兵分投而來，復圍住城郭，離城三二里，列着陣勢。當夜二更時分，凌振取出九箱子母等炮，直去吴山頂上放將起來。衆將各取火把，到處點着。城中不一時鼎沸起來。正不知多少宋軍在城裏。方天定在宫中聽了大驚，急急披挂上馬時，各門城上軍士已都逃命去了。宋兵大振，各自争功奪城。

且説城西山内李俊等得了將令，引軍殺到净慈港，奪得船隻，便從湖裏使將過來，涌金門上岸。衆將分投去搶各處水門。李俊、石秀首先登城，就夜城中混戰。止存南門不圍。亡命敗軍，都從那門下奔走。

却説方天定上得馬，四下裏尋不着一員將校，祇有幾個步軍跟着，出南門奔走。忙忙似喪家之狗，急急如漏

『副都督劉光世并東京天使，都到杭州。』宋江當下引衆將出北關門迎接入城，就行宫開讀聖旨：『敕先鋒使宋江等：收剿方臘，累建大功。敕賜皇封御酒三十五瓶，錦衣三十五領，賞賜正將。其餘偏將，照名支給賞賜緞匹。』原來朝廷衹知公孫勝不曾渡江收剿方臘，却不知折了許多人馬。宋江見了三十五員錦衣御酒，驀然傷心，泪不能止。天使問時，宋江把折了衆將的話，對天使説知。天使道：『如此折將，朝廷怎知！下官回京，必當奏聞皇上。』即時設宴款待天使，劉光世主席，其餘大小將佐，各依次序而坐。御賜酒宴，各各沾恩已罷。已亡正偏將佐，留下錦衣御酒賞賜。次日，設位遥空享祭。宋江將一瓶御酒，一領錦衣，去張順廟裏呼名享祭，錦衣就穿泥神身上。其餘的，都衹遥空焚化錦衣。天使住了幾日，送回京師。

不覺迅速光陰，早過了十數日。張招討差人賫文書來，催趲先鋒進兵。宋江與吴用請盧俊義商議：『此去睦州，沿江直抵賊巢。此去歙州，却從昱嶺關小路而去。今從此處分兵征剿，不知賢弟兵取何處？』盧俊義道：『主兵遣將，聽從哥哥嚴令，安敢選擇。』宋江道：『雖然如此，試看天命。』作兩隊分定人數，寫成兩處鬮子，焚香祈禱，各鬮一處。宋江拈鬮得睦州，盧俊義拈鬮得歙州。宋江道：『方臘賊巢，正在清溪縣幫源洞中。賢弟取了歙州，可屯住軍馬，申文飛報知會，約日同攻清溪賊洞。』盧俊義便請宋公明酌量分調將佐軍校：

先鋒使宋江，帶領正偏將佐三十六員，攻取睦州并烏龍嶺：

軍師吴用　關勝　花榮　秦明　李應　戴宗　朱仝　李逵　魯智深
武松　解珍　解寶　吕方　郭盛　樊瑞　馬麟　燕順　宋清
項充　李衮　王英　扈三娘　凌振　杜興　蔡福　蔡慶　裴宣
蔣敬　鬱保四

水軍頭領正偏將佐七員，部領船隻，隨軍征進睦州：

李俊　阮小二　阮小五　阮小七　童威　童猛　孟康

副先鋒盧俊義管領正偏將佐二十八員，收取歙州并昱嶺關：

軍師朱武　林沖　呼延灼　史進　楊雄　石秀　單廷珪　魏定國
孫立　黄信　歐鵬　杜遷　陳達　楊春　李忠　薛永
鄒淵　鄒潤　李立　李雲　湯隆　石勇　時遷　丁得孫
孫新　顧大嫂　張青　孫二娘

當下盧先鋒部領正偏將校共計二十九員，隨行軍兵三萬人馬，擇日辭了劉都督，别了宋江，引兵望杭州，取山路經過臨安縣進發，登程去了。却説宋江等整頓船隻軍馬，分撥正偏將校，選日祭旗出師，水陸并進，船騎相迎。此時杭州城内瘟疫盛行，已病倒六員將佐，是：張橫、穆弘、孔明、朱貴、楊林、白勝，患體未痊，不能征進。就撥穆春、朱富看視病人。共是八員，寄留于杭州。其餘衆將，盡隨宋江攻取睦州，共計三十七員。取路沿江望富陽縣進發。

且不説兩路軍馬起程，再説柴進同燕青，自秀州槜李亭别了宋先鋒，行至海鹽縣前，到海邊趁船，使過越州，迤邐來到諸暨縣，渡過漁浦，前到睦州界上。把關隘將校攔住。柴進告道：『某乃是中原一秀士，能知天文地理，善會陰陽，識得六甲風雲，辨别三光氣色，九流三教，無所不通。遥望江南有天子氣數而來，何故閉塞賢路？』把關將校聽得柴進言語不俗，便問姓名。柴進道：『某乃姓柯名引，一主一僕，投上國而來，别無他故。』守將見説，留住柴進，差人徑來睦州，報知右丞相祖士遠，參政沈壽，僉書桓逸，元帥譚高，四個跟前禀了。便使人接取柴進，至睦州相見，各叙寒温。柴進一段話，聳動那四個。更兼柴進一表非俗，那裏坦然不疑。右丞相祖士遠大喜，便叫僉書桓逸，引柴進去清溪大内朝覲。原來睦州、歙州，方臘都有行宫。大殿内却有五府六部總制。在清溪縣幫源洞中，亦自有去處。

且說柴進、燕青跟隨桓逸來到清溪帝都，先來參見左丞相婁敏中。柴進高談闊論，一片言語，婁敏中大喜，就留柴進在相府管待。看了柴進、燕青出言不俗，知書通禮，先自有八分歡喜。這婁敏中原是清溪縣教學的先生，雖有些文章，苦不甚高。被柴進這一段話，說得他大喜。過了一夜，次日早朝，等候方臘王子升殿。內列着侍御、嬪妃、彩女，外列九卿、四相、文武兩班，殿前武士金瓜，長隨侍從。當有左丞相婁敏中出班啓奏：『中原是孔夫子之鄉。今有一賢士，姓柯名引，文武兼資，智勇足備，善識天文地理，能辨六甲風雲，貫通天地氣色，三教九流，諸子百家，無不通達。望天子氣象而來。現在朝門外，伺候我主傳宣。』方臘道：『既有賢士到來，便令白衣朝見。』閤門大使傳宣，引柴進到于殿下。拜舞起居，山呼萬歲已畢，宣入簾前。

方臘看見柴進一表非俗，有龍子龍孫氣象，先有八分喜色。方臘問道：『賢士所言望天子氣色而來，在于何處？』柴進奏道：『臣柯引賤居中原天子之鄉，父母雙亡，祇身學業。傳先賢之秘訣，授祖師之玄文。近日夜觀乾象，見帝星明朗，正照東吳。因此不辭千里之勞，望氣而來。特至江南，又見一縷五色天子之氣，起自睦州。今得瞻天子聖顏，抱龍鳳之姿，挺天日之表，正應此氣。臣不勝幸甚之至！』言訖再拜。方臘道：『寡人雖有東南地土之分，近被宋江等侵奪城池，將近吾地，如之奈何？』柴進奏道：『臣聞古人有言：得之易，失之易。得之難，失之難。今陛下東南之境，開基以來，席卷長驅，得了許多州郡。今雖被宋江侵了數處，不久氣運復歸于聖上。陛下非止江南之境，他日中原社稷，亦屬于陛下所統，以享唐虞無窮之樂。雖炎漢、盛唐，亦不可及也。』

方臘見此等言語，心中大喜。敕賜錦墩命坐，管待御宴，加封爲中書侍郎。自此柴進每日得近方臘，無非用些阿諛美言諂佞，以取其事。未經半月之間，方臘及內外官僚，無一人不喜柴進。次後，方臘見柴進署事公平，盡心喜愛。却令左丞相婁敏中做媒，把金芝公主招贅柴進爲駙馬，封官主爵都尉。燕青改名雲璧，人都稱爲雲奉尉。柴進自從與公主成親之後，出入宮殿，都知內苑備細。方臘但有軍情重事，便宣柴進至內宮計議。柴進時常奏說：『陛下氣色真正，祇被罡星衝犯，尚有半年不安。直待并得宋江手下無了一員戰將，罡星退度，陛下復興基業，席卷長驅，直占中原之地。』方臘道：『寡人手下愛將數員，盡被宋江殺死。似此奈何？』柴進又奏道：『臣夜觀天象，陛下氣數，將星雖多數十位，不爲正氣，未久必亡。却有二十八宿星象，正來輔助陛下，復興基業。宋江伙內亦有十數員來降。此也是數中星宿，盡是陛下開疆展土之臣也。』方臘聽了大喜。有詩爲證：

柴進英雄世少雙，神謀用處便歸降。高官厚祿妻公主，一念原來爲宋江。

且不說柴進做了駙馬。却說宋江部領大隊人馬軍兵，離了杭州，望富陽縣進發。時有寶光國師鄧元覺，并元帥石寶、王績、晁中、温克讓五個，引了敗殘軍馬，守住富陽縣關隘，却使人來睦州求救。右丞相祖士遠，當差兩員親軍指揮使，引一萬軍馬前來策應。正指揮白欽，副指揮景德，兩個都有萬夫不當之勇。來到富陽縣，和寶光國師等合兵一處，占住山頭。宋江等大隊軍馬已到七里灣，水軍引着馬軍，一發前進。石寶見了，上馬帶流星錘，拿劈風刀，離了富陽縣山頭，來迎宋江。

關勝正欲出馬，吕方叫道：『兄長少停，看吕方和這厮鬥幾合。』宋江在門旗影裏看時，吕方一騎馬一枝戟，直取石寶。那石寶使劈風刀相迎。兩個鬥到五十合，吕方力怯。郭盛見了，便持戟縱馬前來夾攻。那石寶一口刀戰兩枝戟，没半分漏泄。正鬥到至處，南邊寶光國師急鳴鑼收軍。原來見大江裏戰船乘着順風，都上灘來，却來傍岸。怕他兩處夾攻，因此鳴鑼收軍。吕方、郭盛纏住厮殺，那裏肯放。石寶又鬥了三五合，宋兵陣上朱仝，一騎馬一條槍，又去夾攻。石寶戰不過三將，分開兵器便走。宋江鞭梢一指，直殺過富陽山嶺。石寶軍馬于路屯扎不住，直到桐廬縣界內。宋江連夜進兵，過白蜂嶺下寨。當夜差遣解珍、解寶、燕順、王矮虎、一丈青取東路，李逵、項充、李衮、樊瑞、馬麟取西路，各帶一千步軍，去桐廬縣劫寨。江裏却教李俊、三阮、二童、孟康七人取水路進兵。

且説解珍等引着軍兵殺到桐廬縣時，已是三更天氣。寳光國師正和石寳計議軍務，猛聽得一聲炮響，衆人上馬不迭，急看時，三路火起。諸將跟着石寳，衹顧逃命，那裏敢來迎敵。三路軍馬，横衝直撞殺將來。温克讓上得馬遲，便望小路而走，正撞着王矮虎、一丈青。他夫妻二人一發上，把温克讓横拖倒拽，活捉去了。李逵和項充、李衮、樊瑞、馬麟，衹顧在縣裏殺人放火。宋江見報，催趲軍兵拔寨都起，直到桐廬縣屯駐軍馬。王矮虎、一丈青獻温克讓請功。賞賜二人。宋江教把温克讓解赴杭州張招討前斬首，不在話下。

次日，宋江調兵，水陸并進，直到烏龍嶺下。過嶺便是睦州。此時，寳光國師引着衆將，都上嶺去把關隘，屯駐軍馬。那烏龍關隘正靠長江，山峻水急，上立關防，下排戰艦。宋江軍馬近嶺下屯駐，扎了寨栅。步軍中差李逵、項充、李衮引五百牌手出哨探路。到得烏龍嶺下，上面擂木炮石打將下來，不能前進，無計可施。回報宋先鋒。宋江又差阮小二、孟康、童威、童猛四個，先棹一半戰船上灘。當下阮小二帶了兩個副將，引一千水軍，分作一百隻船上，摇旗擂鼓，唱着山歌，漸近烏龍嶺邊來。原來烏龍嶺下那面靠山，却是方臘的水寨。那寨裏也屯着五百隻戰船，船上有五千來水軍。爲頭四個水軍總管，名號浙江四龍。那四龍是：

玉爪龍都總管成貴　錦鱗龍副總管翟源　衝波龍左副管喬正

戲珠龍右副管謝福

這四個總管，原是錢塘江裏梢公，投奔方臘，却受三品職事。當日阮小二等乘駕船衹，從急流下水，摇上灘去。南軍水寨裏，四個總管已自知了。準備下五十連火排。原來這火排衹是大松杉木穿成，排上都堆草把，草把内暗藏着硫黄焰硝引火之物。把竹索編住，排在灘頭。這裏阮小二和孟康、童威、童猛四個，衹顧摇上灘去。那四個

水軍總管在上面看見了，各打一面乾紅號旗，駕四隻快船，順水摇將下來。阮小二看見，喝令水手放箭。那四隻快船便回。阮小二便叫乘勢趕上灘去。四隻快船傍灘住了，四個總管却跳上岸，許多水手們也都走了。阮小二望見灘上水寨裏船廣，不敢上去，衹在下水頭望。衹見烏龍嶺上把旗一招，金鼓齊鳴，火排一齊點着，望下灘順風衝將下來。背後大船，一齊喊起，都是長槍撓鈎，盡隨火排下來，衹顧亂殺敵軍。童威、童猛見勢大難近，便把船傍岸，弃了船隻，爬過山邊，步行上山，尋路回寨。阮小二和孟康，兀自在船上迎敵，火排連燒將來。阮小二急下水時，後船趕上，一撓鈎搭住。阮小二心慌，怕吃他拿去受辱，扯出腰刀自刎而亡。孟康見不是頭，急要下水時，火排上炮齊發。一炮正打中孟康頭盔，透頂打做肉泥。四個水軍總管，却上火船，殺將下來。李俊和阮小五、阮小七都在後船。見前船失利，沿江岸殺來，衹得急忙轉船，便隨順水，衹放下桐廬岸來。

再説烏龍嶺上寳光國師并元帥石寳，見水軍總管得勝，乘勢引軍殺下嶺來。水深不能相趕，路遠不能相追。宋兵復退在桐廬駐扎。南兵也收軍上烏龍嶺去了。

宋江在桐廬扎駐寨栅，又見折了阮小二、孟康，在帳中煩惱，寢食俱廢，夢寐不安。吴用與衆將苦勸不得，阮小五、阮小七挂孝已了，自來諫勸宋江道：『我哥哥今日爲國家大事折了性命，也强似死在梁山泊埋没了名目。先鋒主兵，不須煩惱，且請理國家大事。我弟兄兩個，自去復仇。』宋江聽了，稍稍回顔。次日，仍復整點軍馬，再要進兵。吴用諫道：『兄長未可急性，且再尋思計策，渡嶺未遲。』衹見解珍、解寳便道：『我弟兄兩個原是獵户出身，巴山度嶺得慣。我兩個裝做此間獵户，爬上山去，放起一把火來，教那賊兵大驚，必然弃了關去。』吴用道：『此計雖好，衹恐這山險峻，難以進步，倘或失脚，性命難保。』解珍、解寳便道：『我弟兄兩個，自登州越獄上梁山泊，托哥哥福蔭，做了許多年好漢，又受了國家誥命，穿了錦襖子。今日爲朝廷，便粉骨碎身，報答仁兄，也不爲多。』宋江道：『賢弟休説這凶話！衹願早早幹了大功回京，朝廷不肯虧負我們。你衹顧盡心竭力，與國家出力。』

解珍、解寶便去拴束，穿了虎皮套襖，腰裏各跨一口快刀，提了鋼叉。兩個來辭了宋江，便取小路，望烏龍嶺上來。此時才有一更天氣。路上撞着兩個伏路小軍，二人結果了兩個，到得嶺下時，已有二更。聽得嶺上寨内，更鼓分明，兩個不敢從大路走。攀藤攬葛，一步步爬上嶺來。是夜月光星朗，如同白日。兩個三停爬了二停之上，望見嶺上燈光閃閃。兩個伏在嶺凹邊聽時，上面更鼓已打四更。解珍暗暗地叫兄弟道：『夜又短，天色無多時了，我兩個上去罷。』兩個又攀援上去。正爬到岩壁崎嶇之處，懸崖險峻之中，兩個衹顧爬上去，手脚都不閑，却把搭膊拴住鋼叉，拖在背後，刮得竹藤亂響。山嶺上早吃人看見了。解珍正爬在山凹處，衹聽得上面叫聲：『着！』一撓鈎正搭住解珍頭髻。解珍急去腰裏拔得刀出來時，上面已把他提得脚懸了。解珍心慌，連忙一刀砍斷撓鈎，却從空裏墜下來，可憐解珍做了半世好漢，從這百十丈高崖上倒撞下來，死于非命。下面都是狼牙亂石，粉碎了身軀。解寶見哥哥攧將下去，急退步下嶺時，上頭早滾下大小石塊，并短弩弓箭，從竹藤裏射來。可憐解寶爲了一世獵户，做一塊兒射死在烏龍嶺邊竹藤叢裏。兩個身死。

天明，嶺上差人下來，將解珍、解寶尸首，就風化在嶺上。探子體得備細，報與宋先鋒知道，解珍、解寶已死在烏龍嶺。宋江聽得又折了解珍、解寶，哭得幾番昏暈。便唤關勝、花榮點兵取烏龍嶺關隘，與四個兄弟報仇。吴用諫道：『仁兄不可性急，已死者皆是天命。若要取關，不可造次。須用神機妙策，智取其關，方可調兵遣將。』宋江怒道：『誰想把我弟兄們手足三停損了一停！不忍那賊們把我兄弟風化在嶺上。今夜必須提兵，先去奪尸首回來，具棺椁埋葬！』吴用阻道：『賊兵將尸風化，誠恐有計。兄長未可造次！』宋江那裏肯聽軍師諫勸，隨即點起三千精兵，帶領關勝、花榮、吕方、郭盛四將，連夜進兵到烏龍嶺。時已是二更時分，小校報道：『前面風化起兩個人在那裏，敢是解珍、解寶的尸首？』宋江縱馬親自來看時，見兩株樹上，把竹竿挑起兩個尸首。樹上削去了一片皮，寫兩行大字在上，月黑不見分曉。宋江令討放炮火種吹起燈來看時，上面寫道：『宋江早晚也號

令在此處。』宋江看了大怒。却傳令人上樹去取尸首。衹見四下裏火把齊起，金鼓亂鳴，團團軍馬圍住。當前嶺上，早亂箭射來。江裏船内水軍，都紛紛上岸來。宋江見了，叫聲苦，不知高低。急退軍時，石寶當先截住去路；轉過側首，又是鄧元覺殺將下來。直使規模有似馬陵道，光景渾如落鳳坡。

畢竟宋江軍馬怎地脱身，且聽下回分解。

第一百十七回　睦州城箭射鄧元覺　烏龍嶺神助宋公明

話說宋江因要救取解珍、解寶的尸，到于烏龍嶺下，正中了石寶計策。四下裏伏兵齊起，前有石寶軍馬，後有鄧元覺截住回路。石寶厲聲高叫：『宋江不下馬受降，更待何時！』關勝大怒，拍馬掄刀戰石寶。兩將交鋒未定，後面喊聲又起。腦背後却是四個水軍總管，一齊登岸，會同王績、晁中從嶺上殺將下來。花榮急出當住後隊，便和王績交戰。鬥無數合，花榮便走，王績、晁中乘勢趕來，被花榮手起，急放連珠二箭，射中二將，翻身落馬。衆軍吶聲喊，不敢向前，退後便走。四個水軍總管見一連射死王績、晁中，不敢向前，因此花榮抵敵得住。刺斜裏又撞出兩陣軍來，一隊是指揮白欽，一隊是指揮景德。這裏宋江陣中，二將齊出。吕方便迎住白欽交戰，郭盛便與景德相持。四下裏分頭厮殺，敵對死戰。

宋江正慌促間，衹聽得南軍後面喊殺連天，衆軍奔走。原來却是李逵引兩個牌手項充、李衮，一千步軍，從石寶馬軍後面殺來。鄧元覺引軍却待來救應時，背後撞過魯智深、武松，兩口戒刀横剁直砍，渾鐵禪杖一衝一截。兩個引一千步軍，直殺入來。隨後又是秦明、李應、朱仝、燕順、馬麟、樊瑞、一丈青、王矮虎，各帶馬軍、步軍，捨死撞殺入來。四面宋兵殺散石寶、鄧元覺軍馬，救得宋江等回桐廬縣去。石寶也自收兵上嶺去了。宋江在寨中稱謝衆將：『若非我兄弟相救，宋江已與解珍、解寶同爲泉下之鬼！』吴用道：『爲是兄長此去，不合愚意。惟恐有失，便遣衆將相接。』宋江稱謝不已。

且說烏龍嶺上，石寶、鄧元覺兩個元帥在寨中商議道：『即目宋江兵馬退在桐廬縣駐扎，倘或被他私越小路，度過嶺後，睦州咫尺危矣。不若國師親往清溪大内，面見天子，奏請添調軍馬守護這條嶺隘，可保長久。』鄧元覺道：『元帥之言極當，小僧便往。』鄧元覺隨即上馬，先來到睦州，見了右丞相祖士遠，說：『宋江兵强人猛，勢不可當。軍馬席卷而來，誠恐有失。小僧特來奏請添兵遣將，保守關隘。』祖士遠聽了，便同鄧元覺上馬離了睦州，一同到清溪縣幫源洞中。先見了左丞相婁敏中，說過了奏請添調軍馬。

次日早朝，王子方臘升殿。左右二丞相，一同鄧元覺朝見。拜舞已畢，鄧元覺向前起居萬歲，便奏道：『臣僧元覺，領着聖旨，與太子同守杭州。不想宋江軍馬，兵强將勇，席卷而來，勢難迎敵。致被袁評事引誘入城，以致失陷杭州。太子貪戰，出奔而亡。今來元覺與元帥石寶，退守烏龍嶺關隘。近日連斬宋江四將，聲勢頗振。即目宋江已進兵到桐廬駐扎，誠恐早晚賊人私越小路，透過關來，嶺隘難保。請陛下早選良將，添調精鋭軍馬，同保烏龍嶺關隘，以圖退賊，克復城池。臣僧元覺，特來啓請。』方臘道：『各處軍兵已都調盡。近日又爲歙州昱嶺上關隘甚緊，又分去了數萬軍兵。止有御林軍馬，寡人要護御大内，如何四散調得開去？』鄧元覺又奏道：『陛下不發救兵，臣僧無奈。若是宋兵度嶺之後，睦州焉能保守！』左丞相婁敏中出班奏曰：『這烏龍嶺關隘，亦是要緊去處。臣知御林軍兵總有三萬，可分一萬跟國師去保守關隘。乞我王聖鑒。』方臘不聽婁敏中之言，堅執不肯調撥御林軍馬去救烏龍嶺。

當日朝罷，衆人出内。婁丞相與衆官商議，衹教祖丞相睦州分一員將，撥五千軍與國師去保烏龍嶺。因此鄧元覺同祖士遠回睦州來，選了五千精鋭軍馬，首將一員夏侯成，同到烏龍嶺寨内，與石寶說知此事。石寶道：『既是朝廷不撥御林軍馬來退宋兵，我等且守住關隘，不可出戰。着四個水軍總管，牢守灘頭江岸邊。但有船來，便去殺退，不可進兵。』

且不說寶光國師同石寶、白欽、景德、夏侯成五個守住烏龍嶺關隘。却說宋江自折了將佐，衹在桐廬縣駐扎，按兵不動，一住二十餘日，不出交戰。忽有探馬報道：『朝廷又差童樞密賫賞賜，已到杭州。聽知分兵兩路，童樞密轉差大將王禀分賫賞賜，投昱嶺關盧先鋒軍前去了。童樞密即目便到，親賫賞賜。』宋江見報，便與吴用衆將都離縣二十里迎接。來到縣治裏，開讀聖旨，便將賞賜分給衆將。宋江等參拜童樞密，隨即設宴管待。童樞密問道：『征進之間，多聽得損折將佐。』宋江垂泪稟道：『往年跟隨趙樞相北征大遼，兵將全勝，端的不曾折了一個將校。自從奉敕來征方臘，未離京師，首先去了公孫勝。駕前又留下了數人。進兵渡得江來，但到一處，必損折數人。近又有八九個將佐，病倒在杭州，存亡未保。前面烏龍嶺廝殺二次，又折了幾將。蓋因山險水急，難以對陣，急切不能打透關隘。正在憂惶之際，幸得恩相到此。』童樞密道：『今上天子多知先鋒建立大功。後聞損折將佐，特差下官，引大將王稟、趙譚，前來助陣。已使王稟賫賞往盧先鋒處，分俵給散衆將去了。』隨喚趙譚與宋江等相見，俱于桐廬縣駐扎。飲宴管待已了。

次日，童樞密整點軍馬，欲要去打烏龍嶺關隘。吴用諫道：『恩相未可輕動。且差燕順、馬麟去溪僻小徑去處，尋覓當村土居百姓，問其向道，別求小路，度得關那邊去，兩面夾攻，彼此不能相顧，此關唾手可得。』宋江道：『此言極妙！』隨即差遣馬麟、燕順引數十個軍健，去村落中尋訪百姓問路。去了一日，至晚，引將一個老兒來見宋江。宋江問道：『這老者是甚人？』馬麟道：『這老的是本處土居人户，都知這裏路徑溪山。』宋江道：『老者，你可指引我一條路徑過烏龍嶺去，我自重重賞你。』老兒告道：『老漢祖居是此間百姓，累被方臘殘害，無處逃躲。幸得天兵到此，萬民有福，再見太平。老漢指引一條小路過烏龍嶺去，便是東管，取睦州不遠。便到北門，却轉過西門，便是烏龍嶺。』宋江聽了大喜。隨即叫取銀物賞了引路老兒，留在寨中。又着人與酒飯管待。

次日，宋江請啓童樞密：『守把桐廬縣。宋江自引軍馬，親來睦州城下，兩面夾攻。可取烏龍嶺關隘。』童貫便教宋先鋒分兵撥將。宋江親自帶領正偏將一十二員，取小路進發。童樞密部領兵馬，大路而進。宋江所帶那十二員是：花榮、秦明、魯智深、武松、戴宗、李逵、樊瑞、王英、扈三娘、項充、李衮、凌振。

隨行馬步軍兵一萬人數，跟着引路老兒便行。馬摘鑾鈴，軍士銜枚疾走。至小半嶺，已有一伙軍兵攔路，宋江便叫李逵、項充、李衮衝殺入去，約有三五百守路賊兵，都被李逵等殺盡。四更前後，已到東管。本處守把將伍應星，聽得宋兵已透過東管，思量部下止有三千人馬，如何迎敵得。當時一哄都走了，徑回睦州報與祖丞相等官知道。『今被宋江軍兵私越小路，已透過烏龍嶺這邊，盡到東管來了。』祖士遠聽了大驚。急聚衆將商議。宋江已令炮手凌振，放起連珠炮。烏龍嶺上寨中石寶等，聽得大驚。急使指揮白欽引軍探時，見宋江旗號，遍天遍地，擺滿山林。急退回嶺上寨中，報與石寶等官。石寶便說：『既然朝廷不發救兵，我等衹堅守關隘，不要去救。』鄧元覺便道：『元帥差矣！如今若不調兵救應睦州，也自由可。倘或內苑有失，我等亦不能保。你不去時，我自去救應睦州。』石寶苦勸不住。鄧元覺點了五千人馬，綽了禪杖，帶領夏侯成下嶺去了。

且說宋江引兵到了東管，且不去打睦州，先來取烏龍嶺關隘，却好正撞着鄧元覺。軍馬漸近，兩軍相迎，鄧元覺當先出馬挑戰。花榮看見，便向宋江耳邊低低道：『此人則除如此如此可獲。』宋江點頭道：『是。』就囑咐了秦明，兩將都會意了。秦明首先出馬，便和鄧元覺交戰。鬥到五六合，秦明回馬便走，衆軍各自東西四散。鄧元覺看見秦明輸了，倒撇了秦明，徑奔來捉宋江。原來花榮已準備了，護持着宋江，衹待鄧元覺來得較近，花榮滿滿地攀着弓，覷得親切，照面門上颼地一箭，弓開滿月，箭發流星，正中鄧元覺面門，墜下馬去，被衆軍殺死。一齊卷殺攏來，南兵大敗。夏侯成抵敵不住，便奔睦州去了。宋兵直殺到烏龍嶺邊。嶺上擂木炮石打將下來，不能上去。宋兵却殺轉來，先打睦州。

且說祖丞相見首將夏侯成逃來，報說：『宋兵已度過東管，殺了鄧國師，即日來打睦州。』祖士遠聽了，便差人同夏侯成去清溪大內，請婁丞相入朝啓奏：『現今宋兵已從小路透過到東管，前來攻打睦州甚急。乞我王早發軍兵救應，遲延必至失陷。』方臘聽了大驚。急宣殿前太尉鄭彪，點與一萬五千御林軍馬，星夜去救睦州。鄭彪奏道：『臣領聖旨，乞請天師同行策應，可敵宋江。』方臘准奏，便宣靈應天師包道乙。當時宣詔天師，直至殿下面君。包道乙打了稽首。方臘傳旨道：『今被宋江兵馬，看看侵犯寡人地面，累次陷了城池兵將。即目宋兵現今俱到睦州。

可望天師闡揚道法，護國救民，以保江山社稷。』包天師奏道：『主上寬心。貧道不才，憑胸中之學識，仗陛下之洪福，一掃宋江兵馬。』方臘大喜，賜坐設宴管待。包道乙飲筵罷，辭帝出朝。包天師便和鄭彪、夏侯成商議起軍。

原來這包道乙祖是金華山中人，幼年出家，學左道之法。向後跟了方臘，謀叛造反，以邪作正，但遇交鋒，必使妖法害人。有一口寶劍，號爲玄天混元劍，能飛百步取人。協助方臘，行不仁之事。因此尊爲靈應天師。那鄭彪原是婺州蘭溪縣都頭出身，自幼使得槍棒慣熟。遭際方臘，做到殿帥太尉。酷愛道法，禮拜包道乙爲師，學得他許多法術在身。但遇廝殺之處，必有雲氣相隨。因此人呼爲鄭魔君。這夏侯成亦是婺州山中人，原是獵户出身，慣使鋼叉。自來隨着祖丞相管領睦州。當日三個在殿帥府中商議起軍。門吏報道：『有司天太監浦文英來見天師。』問其來故，浦文英説道：『聞知天師與太尉、將軍三位，提兵去和宋兵戰。文英夜觀干象，南方將星皆是無光，宋江等將星尚有一半明朗者。天師此行雖好，衹恐不利。何不回奏主上，商量投拜爲上，且解一國之厄。』包天師聽了大怒，掣出玄天混元劍，把這浦文英一劍揮爲兩段。急動文書申奏朝廷去訖，不在話下。有詩爲證：

文英占玩極精詳，進諫之言亦善良。妖道不知天命在，怒將雄劍斬身亡。

當下便遣鄭彪爲先鋒，調前部軍馬，出城前進。包天師爲中軍，夏侯成做合後，軍馬進發，來救睦州。

且説宋江兵將攻打睦州，未見次第。忽聞探馬報來，清溪救軍到了。宋江聽罷，便差王矮虎、一丈青兩個出哨迎敵。夫妻二人，帶領三千馬軍，投清溪路上來。正迎着鄭彪，首先出馬，便與王矮虎交戰。兩個更不打話，排開陣勢，交馬便鬥。才到八九合，衹見鄭彪口裏念念有詞，喝聲道：『疾！』就頭盔頂上流出一道黑氣來。黑氣之中，立着一個金甲天神，手持降魔寶杵，從半空裏打將下來。王矮虎看見，吃了一驚，手忙脚亂，失了槍法。被鄭魔君一槍戳下馬去。一丈青看見戳了他丈夫落馬，急舞雙刀去救時，鄭彪便來交戰。略鬥一合，鄭彪回馬便走。一丈青要報丈夫之仇，急趕將來。鄭魔君歇住鐵槍，舒手去身邊錦袋内，摸出一塊鍍金銅磚，扭回身看着一丈青面門上衹一磚，打落下馬而死。可憐能戰佳人，到此一場春夢！

那鄭魔君招轉軍馬，却趕宋兵。宋兵大敗，回見宋江，訴説王矮虎、一丈青都被鄭魔君戳打傷死，帶去軍兵，折其大半。宋江聽得又折了王矮虎、一丈青，心中大怒。急點起軍馬，引了李逵、項充、李衮，帶了五千人馬前去迎敵。早見鄭魔君兵馬已到。宋江怒氣填胸，遽爾當先出馬，大喝鄭彪道：『逆賊怎敢殺吾二將！』鄭彪便提槍出馬，要戰宋江。李逵見了大怒，拿起兩把板斧，便飛奔出去。項充、李衮急舞蠻牌遮護，三個直衝殺入鄭彪懷裏去。那鄭魔君回馬便走，三個直趕入南兵陣裏去。宋江恐折了李逵，急招起五千人馬，一齊掩殺，南兵四散奔走。宋江且叫鳴金收兵。兩個牌手，當得李逵回來，衹見四下裏烏雲罩合，黑氣漫天，不分南北東西，白晝如夜。宋江軍馬，前無去路。但見：

陰雲四合，黑霧漫天。下一陣風雨滂沱，起數聲怒雷猛烈。山川震動，高低渾似天崩；溪澗顛狂，左右却如地陷。悲悲鬼哭，衮衮神號。定睛不見半分形，滿耳惟聞千樹響。

宋江軍兵當被鄭魔君使妖法，黑暗了天地，迷踪失路。衆將軍兵，難尋路徑。撞到一個去處，黑漫漫不見一物。本部軍兵，自亂起來。宋江仰天嘆曰：『莫非吾當死于此地矣！』從巳時直至未牌，方才雲起氣清，黑霧消散。看見一周遭都是金甲大漢，團團圍住。宋江兵馬，伏地受死。宋江見了，下馬受降，衹稱：『乞賜早死！』伏于地下，耳邊衹聽得風雨之聲，却不見人。手下衆軍將士，都掩面受死，衹等刀來砍殺。須臾風雨過處，宋江却見刀不砍來。有一人來攙宋江，口稱：『請起！』宋江抬頭仰臉看時，衹見面前一個秀才來扶。看那人時，怎生打扮？但見：

頭裹烏紗軟角唐巾，身穿白羅圓領凉衫，腰系烏犀金鞓束帶，足穿四縫乾皂朝靴。面如傅粉，唇若塗朱。堂堂七尺之軀，楚楚三旬之上。若非上界靈官，定是九天進士。

宋江見了失驚，起身叙禮，便問：『秀才高姓大名？』那秀才答道：『小生姓邵名俊，土居于此。今特來報知義士，方十三氣數將盡，衹在旬日可破。小生多曾與義士出力，今雖受困，救兵已至。義士知否？』宋江再問道：『先生，方十三氣數何時可獲？』邵秀才把手一推，宋江忽然驚覺，乃是南柯一夢。醒來看時，面前一周遭大漢，却原來都是松樹。宋江大叫軍將，起來尋路出去。此時雲收霧斂，天朗氣清，衹聽得松樹外面發喊將來。宋江便領起軍兵從裏面殺出去時，早望見魯智深、武松一路殺來，正與鄭彪交手。那包天師在馬上，見武松使兩口戒刀，步行直取鄭彪。包道乙便向鞘中掣出那口玄天混元劍來，從空飛下，正砍中武松左臂，血暈倒了。却得魯智深一條禪杖，忿力打入去。救得武松時，已自左臂砍得伶仃將斷。却奪得他那口混元劍。武松醒來，看見左臂已折，伶仃將斷，一發自把戒刀割斷了。宋江先叫軍校扶送回寨將息。魯智深却殺入後陣去，正遇着夏侯成交戰。兩個鬥了數合，夏侯成敗走。魯智深一條禪杖，直打入去，南軍四散。夏侯成便望山林中奔走，魯智深不捨，趕入深山裏去了。

且說鄭魔君那廝，又引兵趕將來。宋軍陣内李逵、項充、李衮三個見了，便舞起蠻牌，飛刀，標槍、板斧，一齊衝殺入去。那鄭魔君迎敵不過，越嶺渡溪而走。三個不識路徑，要在宋江面前逞能，死命趕過溪去，緊追鄭彪。溪西岸邊搶出三千軍來，截斷宋兵。項充急回時，早被岸邊兩將攔住。便叫李逵、李衮時，已過溪趕鄭彪去了。不想前面溪澗又深，李衮先一跤跌翻在溪裏，被南軍亂箭射死。項充急鑽下岸來，又被繩索絆翻，却待要掙扎，衆軍亂上，剁做肉泥。可憐李衮、項充，到此英雄怎使！衹有李逵獨自一個，趕入深山裏去了。溪邊軍馬，隨後襲將去。未經半里，背後喊聲振起，却是花榮、秦明、樊瑞三將，引軍來救。殺散南軍，趕入深山，救得李逵回來。衹不見了魯智深。衆將回來參見宋江，訴説追趕鄭魔君過溪厮殺，折了項充、李衮，止救了李逵回來。宋江聽罷，痛哭不止。整點軍兵，折其一停。又不見了魯智深。武松已折了左臂。

宋江正哭之間，探馬報道：『軍師吳用和關勝、李應、朱仝、燕順、馬麟，提一萬軍兵從水路到來。』宋江迎見吳用等，便問來情。吳用答道：『童樞密自有隨行軍馬，并大將王稟、趙譚，都督劉光世又領軍馬，已到烏龍

嶺下。衹留下吕方、郭盛、裴宣、蔣敬、蔡福、蔡慶、杜興、鬱保四，并水軍頭領李俊、阮小五、阮小七、童威、童猛等一十三人，其餘都跟吴用到此策應。』宋江訴説折了將佐，『武松已成廢人，魯智深又不知去向。不由我不傷感！』吴用勸道：『兄長且宜開懷，即目正是擒捉方臘之時。衹以國家大事爲重，不可念弟兄之情，憂損貴體。』宋江指着許多松樹，説夢中之事，與軍師知道。吴用道：『既然有此靈驗之夢，莫非此處坊隅廟宇，有靈顯之神，故來護佑兄長？』宋江乃言：『軍師所見極當，就與足下進山尋訪。』吴用當與宋江信步行入山林。未及半箭之地，松樹林中早見一所廟宇，金書牌額上寫：『烏龍神廟。』宋江、吴用入廟，上殿看時，吃了一驚。殿上塑的龍君聖像，正和夢中見者無异。宋江再拜懇謝道：『多蒙龍君神聖救護之恩，未能報謝！望乞靈神助威。若平復了方臘，敬當一力申奏朝廷，重建廟宇，加封聖號。』宋江、吴用拜罷下階，看那石碑時，神乃唐朝一進士，姓邵名俊，應舉不第，墜江而死。天帝憐其忠直，賜作龍神。本處人民，祈風得風，祈雨得雨，以此建立廟宇，四時享祭。宋江看了，隨即叫取烏猪白羊，祭祀已畢。出廟來，再看備細。見周遭松樹顯化，可謂异事。直至如今，嚴州北門外有烏龍大王廟，亦名萬松林，古迹尚存。有詩爲證：

萬松林裏烏龍主，夢顯陰靈助宋江。爲報將軍莫惆悵，方家不日便投降。

且說宋江謝了龍君庇佑之恩，出廟上馬，回到中軍寨内，便與吴用商議敵軍之法，打睦州之策。坐至半夜，宋江覺道神思困倦，伏幾而卧。衹聞一人報曰：『有邵秀才相訪。』宋江急忙起身，出帳迎接時，衹見邵龍君長揖宋江道：『昨日若非小生救護，松樹已被包道乙作起邪法，松樹化人，擒獲足下矣。適間深感祭奠之禮，特來致謝。就行報知，睦州來日可破，方十三旬日可擒。』宋江正待邀請入帳再問間，忽被風聲一攪，撒然覺來，又是一夢。

宋江急請軍師圓夢，説知其事。吴用道：『既是龍君如此顯靈，來日便可進兵攻打睦州。』宋江道：『言之極當！』至天明，傳下軍令，點起大隊人馬，攻取睦州。便差燕順、馬麟守住烏龍嶺這條大路。却令關勝、花榮、秦明、朱仝四員正將，當先進兵，來取睦州。便望北門攻打。却令凌振施放九厢子母等火炮，直打入城去。那火炮飛將起去，震得天崩地動，岳撼山摇。城中軍馬，驚得魂消魄喪，不殺自亂。

且說包天師、鄭魔君後軍，已被魯智深殺散，追趕夏侯成，不知下落。那時已將軍馬退入城中屯駐，却和右丞相祖士遠，參政沈壽，僉書桓逸，元帥譚高，守將伍應星等商議：『宋兵已至，何以解救？』祖士遠道：『自古兵臨城下，將至濠邊，若不死戰，何以解之？打破城池，必被擒獲。事在危厄，盡須向前。』當下鄭魔君引着譚高、伍應星并牙將十數員，領精兵一萬，開放城門，與宋江對敵。宋江教把軍馬略退半箭之地，讓他軍馬出城擺列。

那包天師拿着把交椅，坐在城頭上。祖丞相、沈參政并桓僉書，皆坐在敵樓上看。鄭魔君便挺槍躍馬出陣。宋江陣上大刀關勝，出馬舞刀，來戰鄭彪。二將交馬，鬥不數合，那鄭彪如何敵得關勝，衹辦得架隔遮攔，左右躲閃。這包道乙正在城頭上看了，便作妖法，口中念念有詞，喝聲道：『疾！』念着那助咒法，吹口氣去，鄭魔君頭上，滾出一道黑氣。黑氣中間，顯出一尊金甲神人，手提降魔寶杵，望空打將下來。南軍隊裏，蕩起昏鄧鄧黑雲來。宋江見了，便唤混世魔王樊瑞來看，急令作法。并自念天書上回風破暗的密咒秘訣。衹見關勝頭盔上，早卷起一道白雲，白雲之中，也顯出一尊神將。這尊天神，騎一條烏龍，手執鐵錘，去戰鄭魔君頭上那尊金甲神人。下面兩軍吶喊，二將交鋒。戰無數合，衹見上面那騎烏龍的天將，戰退了金甲神人。下面關勝，一刀砍了鄭魔君于馬下。

包道乙見宋軍中風起雷響，急待起身時，被凌振放起一個轟天炮，一個火彈子正打中包天師，頭和身軀，擊得粉碎。南兵大敗，乘勢殺入睦州。朱仝把元帥譚高，一槍戳在馬下。李應飛刀殺死守將伍應星。睦州城下，見一火炮打中了包天師身軀，南軍都滾下城去了。宋江軍馬已殺入城。衆將一發向前，生擒了祖丞相、沈參政、桓僉書。其餘牙將，不問姓名，俱被宋兵殺死。

宋江等入城，先把火燒了方臘行宮。所有金帛，就賞與了三軍衆將。便出榜文，安撫了百姓。尚未自點軍未了，探馬飛報將來：『西門烏龍嶺上，馬麟被白欽一標槍標下去。石寶趕上，復了一刀，把馬麟剁做兩段。燕順見了，便向前來戰時，又被石寶那廝一流星錘打死。石寶得勝，即目引軍乘勢殺來。』宋江聽得又折了燕順、馬麟，扼腕痛哭不盡。急差關勝、花榮、秦明、朱仝四員正將，迎敵石寶、白欽，就要取烏龍嶺關隘。不是這四員將來烏龍嶺厮殺，有分教：清溪縣裏，削平哨聚賊兵；幫源洞中，活捉草頭天子。直教宋江等名標青史千年在，功播清時萬古傳。

畢竟宋江等怎地用功迎敵，且聽下回分解。

第一百十八回　盧俊義大戰昱嶺關　宋公明智取清溪洞

話説當下關勝等四將，飛馬引軍殺到烏龍嶺上，正接着石寶軍馬。關勝在馬上大喝：『賊將安敢殺吾弟兄！』石寶見是關勝，無心戀戰，便退上嶺去，指揮白欽，却來戰關勝。兩馬相交，軍器并舉。兩個鬥不到十合，烏龍嶺上，急又鳴鑼收軍。關勝不趕。嶺上軍兵，自亂起來。原來石寶衹顧在嶺東厮殺，却不提防嶺西已被童樞密大驅人馬，殺上嶺來。宋軍中大將王禀，便和南兵指揮景德厮殺。兩個鬥了十合之上，王禀將景德斬于馬下。自此吕方、郭盛首先奔上山來奪嶺。未及到嶺邊，山頭上早飛下一塊大石頭，將郭盛和人連馬打死在嶺邊。這面嶺東，關勝望見嶺上大亂，情知嶺西有宋兵上嶺了，急招衆將，一齊都殺上去。兩面夾攻，嶺上混戰。吕方却好迎着白欽，兩個交手厮殺。鬥不到三合，白欽一槍搠來，吕方閃個過，白欽那條槍從吕方肋下戳個空，吕方這枝戟却被白欽撥個倒横。兩將在馬上各施展不得，都弃了手中軍器，在馬上你我厮相揪住。原來正遇着山嶺險峻處，那馬如何立得脚牢，二將使得力猛，不想連人和馬都滚下嶺去，這兩將做一處攧死在那嶺下。

這邊關勝等衆將，步行都殺上嶺來。兩面盡是宋兵，已殺到嶺上。石寶看見兩邊全無去路，恐吃捉了受辱，便用劈風刀自刎而死。宋江衆將奪了烏龍嶺關隘。關勝急令人報知宋先鋒。

江裏水寨中四個水軍總管見烏龍嶺已失，睦州俱陷，都弃了船隻，逃過對江。被隔岸百姓生擒得成貴、謝福，解送獻入睦州。走了翟源、喬正，不知去向。宋兵大隊回到睦州。宋江得知，出城迎接童樞密、劉都督入城。屯駐安營已了，出榜招撫軍民復業。南兵投降者，勿知其數。宋江盡將倉廒糧米給散于民，各歸本業，復爲良民。再將水軍總管成貴、謝福割腹取心，致祭兄弟阮小二、孟康，并在烏龍嶺亡過一應將佐，前後死魂，俱皆受享。再叫李俊等水軍將佐，管領了許多船隻。把獲到賊首僞官，解送張招討軍前去了。宋江又見折了吕方、郭盛，惆悵不已。按兵不動，等候盧先鋒兵馬，同取清溪。

且不說宋江在睦州屯駐。却說副先鋒盧俊義，自從杭州分兵之後，統領三萬人馬，本部下正偏將佐二十八員，引兵取山路望杭州進發。經過臨安鎮錢王故都，道近昱嶺關前。守關把隘却是方臘手下一員大將，綽號小養由基龐萬春，乃是江南方臘國中第一個會射弓箭的。帶領着兩員副將，一個喚做雷炯，一個喚做計稷。這兩個副將都蹬得七八百斤勁弩，各會使一枝蒺藜骨朵。手下有五千人馬。三個守把住昱嶺關隘。聽知宋兵分撥副先鋒盧俊義引軍到來，已都準備下了敵對器械，衹待來軍相近。且說盧先鋒軍馬將次近昱嶺關前，當日先差史進、石秀、陳達、楊春、李忠、薛永六員將校，帶領三千步軍，前去出哨。

當下史進等六將都騎戰馬，其餘都是步軍，迤邐哨到關下，并不曾撞見一個軍馬。史進在馬上心疑，和衆將商議。說言未了，早已來到關前。看時，見關上豎着一面采綉白旗，旗下立着那小養由基龐萬春。看了史進等大笑，駡道：『你這伙草賊，衹好在梁山泊裏住，掯勒宋朝招安誥命，如何敢來我這國土裏裝好漢！你也曾聞俺小養由基的名字麼！我聽得你這厮伙裏有個什麼小李廣花榮，着他出來，和我比箭。先教你看我神箭。』說言未了，颼的一箭，正中史進，攧下馬去，五將一齊急急向前，救得上馬便回。又見山頂上一聲鑼響，左右兩邊松樹林裏，一齊放箭，五員將顧不得史進，各自逃命而走。轉得過山嘴，對面兩邊山坡上，一邊是雷炯，一邊是計稷，那弩箭如雨一般射將來，縱是有十分英雄，也躲不得這般的箭矢。可憐水滸六員將佐，都作南柯一夢。史進、石秀等六人，不曾透得一個出來，做一堆兒都被射死在關下。

三千步卒，止剩得百餘個小軍逃得回來，見盧先鋒說知此事。盧俊義聽了大驚，如痴似醉，呆了半晌。神機軍師朱武便諫道：『今先鋒如此煩惱，有誤大事，可以別商量一個計策，去奪關斬將，報此仇恨。』盧俊義道：『宋公明兄長特分許多將校與我，今番不曾贏得一陣，首先倒折了六將。更兼三千軍卒，止有得百餘人回來。似此怎生到歙州相見！』朱武答道：『古人有云：天時不如地利，地利不如人和。我等皆是中原山東、河北人氏，不曾慣演水戰，因此失了地利。須獲得本處鄉民指引路徑，方才知得他此間山路曲折。』盧先鋒道：『軍師言之極當。差誰去緝探路徑好？』朱武道：『論我愚意，可差鼓上蚤時遷。他是個飛檐走壁的人，好去山中尋路。』盧俊義隨即教喚時遷領了言語，捎帶了乾糧，跨口腰刀，離寨去了。

且說時遷便望山深去處，衹顧走尋路。去了半日，天色已晚，來到一個去處，遠遠地望見一點燈光明朗。時遷道：『燈光處必有人家。』趁黑地裏摸到燈明之處看時，却是個小小庵堂，裏面透出燈光來。時遷來到庵前，便鑽入去看時，見裏面一個老和尚，在那裏坐地誦經。時遷便乃敲他房門。那老和尚喚一個小行者來開門。時遷進到裏面，便拜老和尚。

那老僧便道：『客官休拜。現今萬馬千軍厮殺之地，你如何走得到這裏？』時遷應道：『實不敢瞞師父說，小人是梁山泊宋江部下一個偏將時遷的便是。今來奉聖旨剿收方臘，誰想夜來被昱嶺關上守把賊將，亂箭射死了我六員首將，無計度關，特差時遷前來尋路，探聽有何小路過關。今從深山曠野尋到此間，萬望師父指迷，有所小徑，私越過關，當以厚報。』那老僧道：『此間百姓，俱被方臘殘害，無一個不怨恨他。老僧亦靠此間當村百姓施主齋糧養口。如今村裏人民都逃散了，老僧沒有去處，衹得在此守死。今日幸得天兵到此，萬民有福。將軍來收此賊，與民除害，老僧衹是不敢多口，恐防賊人知得。今既是天兵處差來的頭目，便多口也不妨。我這裏却無路過得關去，直到西山嶺邊，却有一條小路可過關上，衹怕近日也被賊人築斷了，過去不得。』

時遷道：『師父，既然有這條小路通得關上，衹不知可到得賊寨裏麼？』老和尚道：『這條私路一徑直到得龐萬春寨背後，下嶺去便是過關的路了。衹恐賊人已把大石塊築斷了，難得過去。』時遷道：『不妨。既有路徑，不怕他築斷了，我自有措置。既然如此，有了路頭，小人回去報知主將，却來酬謝。』老和尚道：『將軍見外人時，休說貧僧多口。』時遷道：『小人是個精細的人，不敢說出老師父來。』

當日辭了老和尚，徑回到寨中，參見盧先鋒，説知此事。盧俊義聽了大喜，便請軍師計議取關之策。朱武道：『若是有此路徑，十分好了，覷此昱嶺關，唾手而得。再差一個人和時遷同去幹此大事。』時遷道：『軍師要幹甚大事？』朱武道：『最要緊的是放火放炮。須用你等身邊將帶火炮、火刀、火石，直要去他寨背後放起號炮火來，便是你幹大事了。』時遷道：『既然祇是要放火、放炮，别無他事，不須再用别人同去，祇小弟自往。便是再差一個同去，也跟我走不得飛檐走壁的路，倒誤了時候。假如我去那裏行事，你這裏如何到得關邊？』朱武道：『這却容易。他那賊人的埋伏，也祇好使一遍。我如今不管他埋伏不埋伏，但是于路遇着琳琅樹木稠密去處，便放火燒將去。任他埋伏不妨。』時遷道：『軍師高見極明。』當下收拾了火刀、火石并引火煤筒，脊梁上用包袱背着火炮，來辭盧先鋒便行。盧俊義叫時遷賫銀二十兩，并米一石，送與老和尚。就着一個軍校挑去。

當日午後，時遷引了這個軍校挑米，再尋舊路，來到庵裏，見了老和尚，説道：『主將先鋒多方拜復，些小薄禮相送。』便把銀兩米糧都與了和尚。老僧收受。時遷分付小軍自回寨去，却再來告復老和尚：『望煩指引路徑，可着行者引小人去。』那老和尚道：『將軍少待，夜深可去，日間恐關上知覺。』當備晚飯待時遷。至夜，却令行者引路：『送將軍到于那邊，便教行者即回，休教人知覺了。』當時小行者領着時遷，離了草庵，便望深山徑裏尋路。穿林透嶺，攬葛攀藤，行過數裏山徑野坡。月色微明，天氣昏鄧。到一處山嶺險峻，石壁嵯峨，遠遠地望見開了個小路口。嶺岩上盡把大石堆棧砌斷了，高高築成墻壁，如何過得去。小行者道：『將軍，關已望見，石迭墻壁那邊便是。過得那石壁，亦有大路。』時遷道：『小行者，你自回去，我已知路途了。』小行者自回。時遷却把飛檐走壁跳籬騙馬的本事出來，這些石壁，拈指爬過去了。望東去時，祇見林木之中，半天價都紅滿了，却是盧先鋒和朱武等拔寨都起，一路上放火燒着，望關上來。先使三五百軍人，于路上打并尸首。沿山巴嶺放火開路，使其埋伏軍兵，無處藏躲。昱嶺上關上小養由基龐萬春，聞知宋兵放火燒林開路，龐萬春道：『這是他進兵之法，

使吾伏兵不能施展。我等祇牢守此關，任汝何能得過！』望見宋兵漸近關下，帶了雷炯、計稷，都來關前守護。

却説時遷一步步摸到關上，爬在一株大樹頂頭，伏在枝葉稠密處，看那龐萬春、雷炯、計稷都將弓箭踏弩，伏在關前伺候。看見宋兵時，一派價把火燒將來。中間林沖、呼延灼，立馬在關下大駡：『賊將安敢抗拒天兵！』南軍龐萬春等却待要放箭射時，不提防時遷已在關上。那時遷悄悄地溜下樹來，轉到關後。見兩堆柴草，時遷便摸在裏面，取出火刀、火石，發出火種，把火炮擱在柴堆上。先把些硫黄、焰硝去燒那邊草堆，又來點着這邊柴堆。却才方點着火炮，拿那火種帶了，直爬上關屋脊上去點着。那兩邊柴草堆裏一齊火起，火炮震天價響。關上衆將，不殺自亂，發起喊來，衆軍都祇顧走，那裏有心來迎敵。龐萬春和兩個副將急來關後救火時，時遷就在屋脊上又放起炮來。那火炮震得關屋也動，嚇得這南兵都弃了刀槍弓箭，衣袍鎧甲，盡望關後奔走。時遷在屋上大叫道：『已有一萬宋兵先過關了，汝等急早投降，免汝一死！』龐萬春聽了，驚得魂不附體，祇管跌脚。雷炯、計稷驚得麻木了，動彈不得。林沖、呼延灼首先上山，早趕到關頂。衆將都要争先，一齊趕過關去三十餘里，追着南兵。孫立生擒得雷炯，魏定國活拿了計稷。單單祇走了龐萬春。手下軍兵擒捉了大半。宋兵已到關上屯駐人馬。

盧先鋒得了昱嶺關，厚賞了時遷。將雷炯、計稷就關上割腹取心，享祭史進、石秀等六人。收拾尸骸，葬于關上。其餘尸首，盡行燒化。次日，與同諸將披挂上馬。一面行文申復張招討，飛報得了昱嶺關，一面引軍前進。迤邐追趕過關，直至歙州城邊下寨。

原來歙州守御，乃是皇叔大王方垕，是方臘的親叔叔。與同兩員大將，官封文職，共守歙州。一個是尚書王寅，一個是侍郎高玉。統領十數員戰將，屯軍二萬之衆，守住歙州城郭。原來王尚書是本州山裏石匠出身，慣使一條鋼槍，坐下有一騎好馬，名唤轉山飛。那匹戰馬登山渡水，如行平地。那高侍郎也是本州士人故家子孫，會使一條鞭槍。因這兩個頗通文墨，方臘加封做文職官爵，管領兵權之事。當有小養由基龐萬春敗回到歙州，直至行宮，面奏皇

叔，告道：『被土居人民透漏，誘引宋兵私越小路過關，因此衆軍漫散，難以抵敵。』皇叔方垕聽了大怒，喝罵龐萬春道：『這昱嶺關是歙州第一處要緊的墻壁，今被宋兵已度關隘，早晚便到歙州，怎與他迎敵？』王尚書奏道：『主上且息雷霆之怒。自古道：非幹征戰罪，天賜不全功。今殿下權免龐將軍本罪，取了軍令必勝文狀，着他引軍，首先出戰迎敵，殺退宋兵。如或不勝，二罪俱并。』方垕然其言，撥與軍五千，跟龐萬春出城迎敵，得勝回奏。

且說盧俊義度過昱嶺關之後，催兵直趕到歙州城下。當日與諸將上下攻打歙州。城門開處，龐萬春引軍出來交戰。兩軍各列成陣勢。龐萬春出到陣前勒戰。宋軍隊裏歐鵬出馬，使根鐵槍，便和龐萬春交戰。兩個鬥不過五合，龐萬春敗走。歐鵬要顯頭功，縱馬趕去。龐萬春扭過身軀，背射一箭。宋將歐鵬手段高强，綽箭在手。原來歐鵬却不提防龐萬春能放連珠箭。歐鵬綽了一箭，衹顧放心去趕。弓弦響處，龐萬春又射第二支箭來。歐鵬早着，墜下馬去。城上王尚書、高侍郎見射中了歐鵬落馬，龐萬春得勝，引領城中軍馬，一發趕殺出來。宋軍大敗，退回三十里下寨，扎駐軍馬安營。整點兵將時，亂軍中又折了菜園子張青。孫二娘見丈夫死了，着令手下軍人尋得尸首燒化，痛哭了一場。盧先鋒看了，心中納悶，思量不是良法，便和朱武計議道：『今日進兵，又折了二將，似此如之奈何？』朱武道：『輸贏勝敗，兵家常事，死活交鋒，人之分定。今日賊兵見我等退回軍馬，自逞其能，衆賊計議，今晚乘勢必來劫寨。我等可把軍馬衆將，分調開去，四下埋伏。中軍縛幾隻羊在彼，如此如此整頓。』叫呼延灼引一支軍在左邊埋伏，林沖引一支軍在右邊埋伏，單廷珪、魏定國引一支軍在背後埋伏，其餘偏將，各于四散小路裏埋伏。夜間賊兵來時，衹看中軍火起爲號，四下裏各自捉人。盧先鋒都發放已了，各各自去守備。

且說南國王尚書、高侍郎兩個，頗有些謀略，便與龐萬春等商議，上啓皇叔方垕道：『今日宋兵敗回，退去三十餘里屯駐。營寨空虛，軍馬必然疲倦。何不乘勢去劫寨柵，必獲全勝。』方垕道：『你衆官從長計議，可行便行。』高侍郎道：『我便和龐將軍引兵去劫寨，尚書與殿下緊守城池。』當夜二將披挂上馬，引領軍兵前進。馬摘鑾鈴，軍士銜枚疾走。前到宋軍寨柵，看見營門不關，南兵不敢擅進。初時聽得更點分明，向後更鼓便打得亂了。高侍郎勒住馬道：『不可進去。』龐萬春道：『相公緣何不進兵？』高侍郎答道：『聽他營裏更點不明，必然有計。』龐萬春道：『相公誤矣。今日兵敗膽寒，必然困倦，睡裏打更，有甚分曉，因此不明。相公何必見疑，衹顧殺去。』高侍郎道：『也見得是。』當下催軍劫寨，大刀闊斧殺將進去。二將入得寨門，直到中軍，并不見一個軍將。却是柳樹上縛着數隻羊，羊蹄上拴着鼓槌打鼓，因此更點不明。兩將劫着空寨，心中自慌，急叫：『中計！』回身便走。中軍内却早火起。衹見山頭上炮響，又放起火來，四下裏伏兵亂起，齊殺將攏來。兩將衝開寨門奔走，正迎着呼延灼，大喝：『賊將快下馬受降，免汝一死！』高侍郎心慌，衹要脱身，無心戀戰。被呼延灼趕進去，手起雙鞭齊下，腦袋骨打碎了半個天靈。龐萬春死命撞透重圍，得脱性命。正走之間，不提防湯隆伏在路邊，被他一鈎鐮槍拖倒馬脚，活捉了解來。衆將已都在山路裏趕殺南兵。至天明，都赴寨裏來。盧先鋒已先到中軍坐下，隨即下令點本部將佐時，丁得孫在山路草中被毒蛇咬了脚，毒氣入腹而死。將龐萬春割腹剜心，祭獻歐鵬并史進等，把首級解赴張招討軍前去了。

次日，盧先鋒與同諸將再進兵到歙州城下。見城門不關，城上并無旌旗，城樓上亦無軍士。單廷珪、魏定國兩個要奪頭功，引軍便殺入城去。後面中軍盧先鋒趕到時，衹叫得苦，那二將已到城門裏了。原來王尚書見折了劫寨人馬，衹詐做弃城而走，城門裏却掘下陷坑。二將是一勇之夫，却不提防，首先入去，不想連馬和人都陷在坑裏。那陷坑兩邊却埋伏着長槍手弓箭軍士，一齊向前戳殺，兩將死于坑中。可憐聖水并神火，今日嗚呼喪土坑！盧先鋒又見折了二將，心中忿怒，急令差遣前部軍兵，各人兜土塊入城，一面填塞陷坑，一面鏖戰厮殺。殺倒南兵人馬，俱填于坑中。當下盧先鋒當前，躍馬殺入城中，正迎着皇叔方垕。交馬衹一合，盧俊義又忿心頭之火，展平生之威，衹一樸刀，剁方垕于馬下。城中軍馬，開城西門衝突而走。宋兵衆將，各各并力向前，剿捕南兵。

却説王尚書正走之間，撞着李雲截住厮殺。王尚書便挺槍向前。李雲却是步鬥。那王尚書槍起馬到，早把李雲踏倒。石勇見衝翻了李雲，便衝突向前，步走急來救時，王尚書把條槍神出鬼没，石勇如何抵當得住。王尚書戰了數合，得便處把石勇一槍結果了性命，當下身死。城裏却早趕出孫立、黄信、鄒淵、鄒潤四將，截住王尚書厮殺。那王寅奮勇力敵四將，并無懼怯。不想又撞出林冲趕到，這個又是個會厮殺的，那王寅便有三頭六臂，也敵不過五將，衆人齊上，亂戳殺王寅。可憐南國尚書將，今日方知志莫伸。當下五將取了首級，飛馬獻與盧先鋒。盧俊義已在歙州城内行宫歇下，平復了百姓，出榜安民，將軍馬屯駐在城裏。一面差人賫文報捷張招討，馳書轉達宋先鋒，知會進兵。

却説宋江等兵將在睦州屯駐，等候軍齊，同攻賊洞。收得盧俊義書，報平復了歙州，軍將已到城中屯駐，專候進兵，同取賊巢。又見折了史進、石秀、陳達、楊春、李忠、薛永、歐鵬、張青、丁得孫、單廷珪、魏定國、李雲、石勇一十三人，許多將佐，煩惱不已，痛哭哀傷。軍師吴用勸道：『生死人皆分定，主將何必自傷玉體，且請理料國家大事。』宋江道：『雖然如此，不由人不傷感。我想當初石碣天文所載一百八人，誰知到此漸漸凋零，損吾手足。』吴用勸了宋江煩惱。『可以回書與盧先鋒，交約日期，起兵攻取清溪縣。』

且不説宋江回書與盧俊義，約日進兵。却説方臘在清溪幫源洞中大内設朝，與文武百官計議宋江用兵之事。祇聽見西州敗殘軍馬回來，報説：『歙州已陷，皇叔、尚書、侍郎俱已陣亡了。今宋兵作兩路而來，攻取清溪。』方臘見報大驚，當下聚集兩班大臣商議。方臘道：『汝等衆卿各受官爵，同占州郡城池，共享富貴。豈期今被宋江軍馬席卷來，州城俱陷，止有清溪大内。今聞宋兵兩路而來，如何迎敵？』當有左丞相婁敏中出班啓奏道：『今次宋兵人馬已近神州内苑，宫廷亦難保守。奈緣兵微將寡。陛下若不御駕親征，誠恐兵將不肯盡心向前。』方臘道：『卿言極當。』隨即傳下聖旨：『命三省六部、御史臺官、樞密院、都督府護駕，二營金吾、龍虎，大小官僚，都跟隨寡人御駕親征，決此一戰。』婁丞相又奏：『差何將帥可做前部先鋒？』方臘道：『着殿前金吾上將軍，内外諸軍都招討皇侄方杰爲正先鋒，馬步親軍都太尉，驃騎上將軍杜微爲副先鋒，部領幫源洞大内護駕御林軍一萬五千，戰將三十餘員前進。逢山開路，遇水迭橋，招軍征進。』原來這方杰是方臘的親侄兒，乃是歙州皇叔方垕長孫。聞知宋兵盧先鋒殺了他公公，正要來報仇。他願爲前部先鋒。這方杰平生習學，慣使一條方天畫戟，有萬夫不當之勇。那杜微原是歙州山中鐵匠，會打軍器，亦是方臘心腹之人，會使六口飛刀，祇是步鬥。方臘另行聖旨一道，差御林護駕都教師賀從龍，撥與御林軍一萬，總督兵馬，去敵歙州盧俊義軍馬。

不説方臘分調人馬，兩處迎敵。先説宋江大隊軍馬起程，水陸并進，離了睦州，望清溪縣而來。水軍頭領李俊等，引領水軍船隻，撑駕從溪灘裏上去。且説吴用與宋江在馬上同行，并馬商議道：『此行去取清溪幫源，誠恐賊首方臘知覺，逃竄深山曠野，難以得獲。若要生擒方臘，解赴京師，面見天子，必須裏應外合，認得本人，可以擒獲。亦要知方臘去向下落，不致被其走失。』宋江道：『若要如此，須用詐降，將計就計，方可得裏應外合。前者柴進與燕青去做細作，至今不見些消耗。今次着誰去好？須是會詐投降的。』吴用道：『若論愚意，祇除非叫水軍頭領李俊等，就將船内糧米去詐獻投降，教他那裏不疑。方臘那厮是山僻小人，見了許多糧米船隻，如何不收留了？』宋江道：『軍師高見極明。』便唤戴宗隨即傳令，從水路裏直至李俊處説知：『如此如此，教你等衆將行計。』李俊等領了計策。戴宗自回中軍。

李俊却叫阮小五、阮小七扮做梢公，童威、童猛扮做隨行水手，乘駕六十隻糧船，船上都插着新换的獻糧旗號，却從大溪裏使將上去。將近清溪縣，祇見上水頭早有南國戰船迎將來，敵軍一齊放箭。李俊在船上叫道：『休要放箭，我有話説。俺等都是投拜的人，特將糧米獻納大國，接濟軍士。萬望收録。』對船上頭目看見李俊等船上并無軍器，因此就不放箭。使人過船來，問了備細，看了船内糧米，便去報知婁丞相，禀説：『李俊獻糧投降。』婁敏中聽了，叫喚投拜人上岸來。

李俊登岸見婁丞相，拜罷，婁敏中問道：『你是宋江手下甚人？有何職役？今番爲甚來獻糧投拜？』李俊答道：『小人姓李名俊，原是潯陽江上好漢，就江州劫法場救了宋江性命。他如今受了朝廷招安，得做了先鋒，便忘了我等前恩，累次窘辱小人。見今宋江雖然占得大國州郡，手下弟兄漸次折得沒了，他猶自不知進退，威逼小人等水軍向前。因此受辱不過，特將他糧米船隻，徑自私來獻納，投拜大國。』婁丞相見李俊說了這一席話，就便準信，便引李俊來大内朝見方臘，具說獻糧投拜一事。李俊見方臘，再拜起居，奏說前事。方臘坦然不疑，加封李俊爲水軍都總管之職，阮小五、阮小七、童威、童猛皆封水寨副總管，且教祗在清溪管領水寨守船，『待寡人退了宋江軍馬，還朝之時，別有賞賜。』李俊拜謝了出内，自去搬運糧米上岸，進倉交收，不在話下。

再說宋江與吳用分調軍馬，差關勝、花榮、秦明、朱仝四員正將爲前隊，引軍直進清溪縣界，正迎着南國皇侄方杰。兩下軍兵各列陣勢。南軍陣上，方杰横戟在馬，杜微步行在後。那杜微渾身掛甲，背藏飛刀五把，手中仗口七星寶劍，跟在後面。兩將出到陣前。宋江陣上，秦明首先出馬，手舞狼牙大棍，直取方杰。方杰亦不打話，兩將便鬥。那方杰年紀後生，精神一擻，那枝戟使得精熟。和秦明連鬥了三十餘合，不分勝敗。方杰見秦明手段高强，也放出自己平生學識，不容半點空閑。兩個正鬥到分際，秦明也把出本事來，不放方杰些空處。却不提防杜微那廝在馬後見方杰戰秦明不下，從馬後閃將出來，掣起飛刀，望秦明臉上早飛將來。秦明急躲飛刀時，却被方杰一方天戟聳下馬去，死于非命。可憐霹靂火，也作横亡人。方杰一戟戳死了秦明，却不敢追過對陣。宋兵小將急把撓鉤搭得尸首過來。宋軍見說折了秦明，盡皆失色。宋江一面叫備棺槨盛貯，一面再調軍將出戰。

且說這方杰得勝誇能，却在陣前高叫：『宋兵再有好漢，快出來廝殺！』宋江在中軍聽得報來，急出到陣前。看見對陣方杰背後，便是方臘御駕，直來到軍前擺開。但見：

金瓜密布，鐵斧齊排。方天畫戟成行，龍鳳綉旗作隊。旗旄旌節，一攢攢綠舞紅飛；玉鐙雕鞍，一簇簇珠圍翠繞。飛龍傘散青雲紫霧，飛虎旗盤瑞靄祥烟。左侍下一帶文官，右侍下滿排武將。雖是詐稱天子位，也須直列宰臣班。苟非嘯聚山林，且自圖王霸業。

南國陣中，祇見九曲黄羅傘下，玉轡逍遥馬上，坐着那個草頭王子方臘。怎生打扮？但見：

頭戴一頂衝天轉角明金幞頭，身穿一領日月雲肩九龍綉袍，腰系一條金鑲寶嵌玲瓏玉帶，足穿一對雙金顯縫雲根朝靴。

那方臘騎着一匹銀鬃白馬，出到陣前，親自監戰。看見宋江親在馬上，便遣方杰出戰，要拿宋江。這邊宋兵等衆將亦準備迎敵，要擒方臘。南軍方杰正要出陣，祇聽得飛馬報道：『御林都教師賀從龍總督軍馬去救歙州，被宋兵盧先鋒活捉過陣去了。軍馬俱已漫散，宋兵已殺到山後。』方臘聽了大驚，急傳聖旨，便教收軍，且保大内。當下方杰且委杜微押住陣脚，却待方臘御駕先行，方杰、杜微隨後而退。方臘御駕回至清溪州界，祇聽得大内城中喊起連天，火光遍滿，兵馬交加。却是李俊、阮小五、阮小七、童威、童猛在清溪城裏放起火來。方臘見了，大驅御林軍馬，來救城中，入城混戰。宋江軍馬見南兵退去，隨後追殺。趕到清溪，見城中火起，知有李俊等在彼行事。急令衆將招起軍馬，分頭殺將入去。此時盧先鋒軍馬也過山了，兩下接應，却好凑着。四面宋兵，夾攻清溪大内。宋江等諸將，四面八方，殺將入去。各各自去搜捉南軍，打破了清溪城郭。方臘却得方杰引軍保駕防護，送投幫源洞中去了。

宋江等大隊軍馬，都入清溪縣來。衆將殺入方臘宫中，收拾違禁器仗，金銀寶物，搜檢内裏庫藏，就殿上放起火來，把方臘内外宫殿盡皆燒毁，府庫錢糧，搜索一空。宋江會合盧俊義軍馬，屯駐在清溪縣内。聚集衆將，都來請功受賞。整點兩處將佐時，長漢鬱保四、女將孫二娘，都被杜微飛刀傷死。鄒淵、杜遷，馬軍中踏殺。李立、湯隆、蔡福，各帶重傷，醫治不痊身死。阮小五先在清溪縣已被婁丞相殺了。衆將擒捉得南國僞官九十二員。請功賞賜已了。衹不見婁丞相、杜微下落。一面且出榜文，安撫了百姓。把那活捉僞官解赴張招討軍前，斬首示衆。後有百姓報說：『婁丞相因殺了阮小五，見大兵打破清溪縣，自縊松林而死。』杜微那廝躲在他原養的娼妓王嬌嬌家，被他社老獻將出來。宋江賞了社老。却令人先取了婁丞相首級，叫蔡慶將杜微剖腹剜心，滴血享祭秦明、阮小五、鬱保四、孫二娘，并打清溪亡過衆將。宋江親自拈香祭賽已了。次日，與同盧俊義起軍，直抵幫源洞口圍住。

且說方臘衹得方杰保駕，走到幫源洞口大內，屯駐人馬，堅守洞口，不出迎敵。宋江、盧俊義把軍馬周回圍住了幫源洞，却無計可入。却說方臘在幫源洞如坐針氈，亦無計可施。兩軍困住，已經數日。方臘正憂悶間，忽見殿下錦衣綉襖一大臣，俯伏在地，金階殿下啓奏：『我王，臣雖不才，深蒙主上聖恩寬大，無可補報。憑夙昔所學之兵法，仗平日所韞之武功，六韜三略曾聞，七縱七擒曾習。願借主上一支軍馬，立退宋兵，中興國祚。未知聖意若何，伏候我王詔旨。』方臘見了大喜，便傳敕令盡點山洞内府兵馬，教此將引軍出洞，去與宋江相持。未知勝敗如何，先見威風出衆。不是方臘國中又出這個人來引兵，有分教：金階殿下人頭滾，玉砌朝門熱血噴。直使掃清巢穴擒方臘，竪立功勛顯宋江。

畢竟方臘國中出來引兵的是甚人，且聽下回分解。

第一百十九回　魯智深浙江坐化　宋公明衣錦還鄉

話說當下方臘殿前啓奏願領兵出洞征戰的，正是東床駙馬主爵都尉柯引。方臘見奏，不勝之喜。『是今日天幸，得駙馬冒矢石之威，出戰草寇，願逞奇才，復興社稷。』柯駙馬當下同領南兵，帶了雲璧奉尉，披挂上馬出師。方臘將自己金甲錦袍，賜與駙馬。又選一騎好馬，叫他出戰。那柯駙馬與同皇侄方杰，引領洞中護御軍兵一萬人馬，駕前上將二十餘員，出到幫源洞口，列成陣勢。

却說宋江軍馬，困在洞口，已教將佐分調守護。宋江在陣中，因見手下弟兄三停内折了二停，方臘又未曾拿得，南兵又不出戰，眉頭不展，面帶憂容。衹聽得前軍報來說：『洞中有軍馬出來交戰。』宋江、盧俊義見報，急令諸將上馬，引軍出戰。擺開陣勢，看南軍陣裏當先是柯駙馬出戰。宋江軍中誰不認得是柴進。宋江便令花榮出馬迎敵。花榮得令，便橫槍躍馬，出到陣前，高聲喝問：『你那廝是甚人，敢助反賊與吾天兵敵對？我若拿住你時，碎尸萬段，骨肉爲泥。好好下馬受降，免汝一命。』柯駙馬答道：『吾乃山東柯引，誰不聞我大名！量你這廝們是梁山泊一伙强徒草寇，何足道哉！偏俺不如你們手段！我直把你們殺盡，克復城池，是吾之願。』宋江與盧俊義在馬上聽了，尋思柴進説的話，知他心裏的事。他把「柴」字改作「柯」字，「柴」即是「柯」也；「進」字改作「引」字，「引」即是「進」也。』吴用道：『且看花榮與他迎敵。』當下花榮挺槍躍馬，來戰柯引。兩馬相交，二般軍器并舉，兩將鬥到間深裏，絞做一團，扭做一塊。柴進低低道：『兄長可且詐敗，來日議事。』花榮聽了，略戰三合，撥回馬便走。柯引喝道：『敗將，吾不趕你。別有了得的，叫他出來和俺交戰。』花榮跑馬回陣，對宋江、盧俊義說知就裏。吴用道：『再叫關勝出戰交鋒。』當時關勝舞起青龍偃月刀，飛馬出戰，大喝道：『山東小將，敢與吾敵！』那柯駙馬挺槍便來迎敵。兩個交鋒，全無懼怯。二將鬥不到五合，關勝也詐敗佯輸，走回本陣。柯駙馬不趕，衹在陣前大喝：『宋兵敢有强將出來與吾對敵？』宋江再叫朱仝出陣，與柴進交鋒。往來斷殺，衹瞞衆軍。兩個門不過五七合，朱仝詐敗而走。柴進趕來，虚掤一槍，朱仝弃馬跑歸本陣。南軍先搶得這匹好馬。柯駙馬招動南軍，掩殺過來。宋江急令諸將，引軍退去十里下寨。柯駙馬引軍追趕了一程，收兵退回洞中。

已自有人先去報知方臘，說道：『柯駙馬如此英雄，戰退宋兵，連勝三將。宋江等又折一陣，殺退十里。』方臘大喜，叫排下御宴，等待駙馬卸了戎裝披挂，請入後宫賜坐，親捧金杯，滿勸柯駙馬道：『不想駙馬有此文武雙全！寡人衹道賢婿衹是文才秀士。若早知有此等英雄豪杰，不致折許多州郡。煩望駙馬大展奇才，立誅賊將，重興基業，與寡人共享太平無窮之富貴，同樂悠久，興復家邦！』柯引奏道：『主上放心。爲臣子當以盡心報效，同興國祚。明日謹請聖上登山看柯引斷殺，立斬宋江等輩。』方臘見奏，心中大喜。當夜宴至更深，各還宫中去了。次早，方臘設朝，叫洞中敲牛宰馬，令三軍都飽食已了，各自披挂上馬，出到幫源洞口，摇旗發喊，擂鼓搦戰。方臘却領引近侍内臣，登幫源洞山頂，看柯駙馬厮殺。

且說宋江當日傳令，分付諸將：『今日厮殺，非比他時，正在要緊之際。汝等軍將，各各用心擒獲賊首方臘，休得殺害。你衆軍士衹看南軍陣上柴進回馬引領，就便殺入洞中，并力追捉方臘，不可違誤。』三軍諸將得令，各自磨拳擦掌，掣劍拔槍，都要擄掠洞中金帛，盡要活捉方臘，建功請賞。當時宋江諸將，都到洞前，把軍馬擺開，列成陣勢。衹見南兵陣上，柯駙馬立在門旗之下，正待要出戰。衹見皇侄方杰，立馬横戟道：『都尉且押手停騎，看方某先斬宋兵一將，然後都尉出馬，用兵對敵。』宋兵望見燕青跟在柴進後頭，衆將皆喜道：『今日計必成矣。』各人自行準備。

且說皇侄方杰争先縱馬搦戰。宋江陣上，關勝出馬，舞起青龍刀，來與方杰對敵。兩將交馬，一往一來，一翻一復。戰不過十數合，宋江又遣花榮出陣，共戰方杰。方杰見兩將來夾攻，全無懼怯，力敵二將。又戰數合，雖然難見輸贏，也衹辦得遮攔躲避。宋江隊裏，再差李應、朱仝，驟馬出陣，并力追殺。方杰見四將來夾攻，方才撥回馬頭，望本陣中便走。柯駙馬却在門旗下截住，把手一招，宋將關勝、花榮、朱仝、李應四將趕過來。柯駙馬便挺起手中鐵槍，奔來直取方杰。方杰見頭勢不好，急下馬逃命時，措手不及，早被柴進一槍戳着。背後雲奉尉燕青趕上一刀，殺了方杰。南軍衆將，驚得呆了，各自逃生。柯駙馬大叫：『我非柯引，吾乃柴進，宋先鋒部下正將小旋風的便是。隨行雲奉尉即是浪子燕青。今者已知得洞中内外備細。若有人活捉得方臘的，高官任做，細馬揀騎。三軍投降者，俱免血刃有生；抗拒者，斬首全家。』回身引領四將，招起大軍，殺入洞中。方臘領着内侍近臣，在幫源山頂上看見殺了方杰，三軍潰亂，情知事急，一脚踢翻了金交椅，便望深山中奔走。

宋江領起大隊軍馬，分開五路，殺入洞來，争捉方臘。不想已被方臘逃去，止拿得侍從人員。燕青搶入洞中，叫了數個心腹伴當，去那庫裏擄了兩擔金珠細軟出來，就内宫禁苑放起火來。柴進殺入東宫時，那金芝公主自縊身死。柴進見了，就連宫苑燒化。以下細人，放其各自逃生。衆軍將都入正宫，殺盡嬪妃彩女，親軍侍御，皇親國戚，都擄掠了方臘内宫金帛。宋江大縱軍將入宫，搜尋方臘。

却說阮小七殺入内苑深宫裏面，搜出一箱，却是方臘僞造的平天冠、衮龍袍、碧玉帶、白玉珪、無憂履。阮小七看見上面都是珍珠异寶，龍鳳錦文，心裏想道：『這是方臘穿的，我便着一着也不打緊。』便把衮龍袍穿了，系上碧玉帶，着了無憂履，戴起平天冠，却把白玉珪插放懷裏，跳上馬，手執鞭，跑出宫前。三軍衆將衹道是方臘，一齊鬧動，搶將攏來看時，却是阮小七，衆皆大笑。這阮小七也衹把做好嬉，騎着馬東走西走，看那衆將多軍搶擄。

正在那裏鬧動，早有童樞密帶來的大將王禀、趙譚入洞助戰，聽得三軍鬧嚷，衹說拿得方臘，徑來争功。却見是阮小七穿了御衣服，戴着平天冠，在那裏嬉笑。王禀、趙譚罵道：『你這厮莫非要學方臘，做這等様子！』阮小七大怒，指着王禀、趙譚道：『你們兩個直得甚鳥！若不是俺哥哥宋公明時，你這兩個驢馬頭，早被方臘已都砍下了。今日我等衆將弟兄成了功勞，你們顛倒來欺負！朝廷不知備細，衹道是兩員大將來協助成功。』王禀、趙譚大怒，便要和阮小七火并。當時阮小七奪了小校槍，便奔上來戳王稟。呼延灼看見，急飛馬來隔開。已自有軍校報知宋江，飛馬到來。見阮小七穿着御衣服，宋江、吳用喝下馬來，剥下違禁衣服，丢去一邊。宋江陪話解勸。王稟、趙譚二人雖被宋江并衆將勸和了，衹是記恨于心。

當日幫源洞中，殺得尸横遍野，流血成渠。按《宋鑒》所載，斬殺方臘蠻兵二萬餘級。當下宋江傳令，教四下舉火，監臨燒毀宮殿，龍樓鳳閣，内苑深宫，珠軒翠屋，盡皆焚化。但見：

黑烟罩地，紅焰遮天。金釘朱户灰飛，碧瓦雕檐影倒。三十六宫煨燼火，七十二苑作飛灰。金殿平空，不見嵯峨氣象；玉階迸裂，全無錦綉花紋。金水河不見丹墀御道，午門前已無臣宰官僚。龍樓移上九重天，鳳閣盡歸南極院。

當時宋江等衆將，監看燒毀了幫源洞中宫殿器皿屋宇樓閣，引軍都來洞口屯駐，下了寨栅。計點生擒人數，衹有賊首方臘未曾獲得。傳下將令，教軍將沿山搜捉。告示鄉民，但有人拿得方臘者，奏聞朝廷，高官任做；知而首者，隨即給賞。

却說方臘從幫源洞山頂落路而走，忙忙似喪家之狗，急急如漏網之魚，便望深山曠野，透嶺穿林，脱了赭黄袍，丢去金花幞頭，脱下朝靴，穿上草履麻鞋，爬山奔走，要逃性命，連夜通過五座山頭，走到一處山凹邊，見一個草庵，嵌在山凹裏。方臘肚中飢餓，却待正要去茅庵内尋討些飯吃，衹見松樹背後，轉出一個胖大和尚來，一禪杖打翻，便取條繩索綁了。那和尚不是别人，是花和尚魯智深。拿了方臘，帶到草庵中，取了些飯吃，正解出山來，却好迎着搜山的軍健，一同幫住，擒捉方臘，來見宋先鋒。

宋江見拿得方臘，大喜，便問道：「吾師，你却如何正等得這賊首着？」魯智深道：「灑家自從在烏龍嶺上萬松林裏厮殺，追趕夏侯成入深山裏去，被灑家殺了。貪戰賊兵，直趕入亂山深處，迷踪失徑，迤邐隨路尋去。正到曠野琳琅山内，忽遇一個老僧，引領灑家到此處茅庵中，囑付道：「柴米菜蔬都有，衹在此間等候。但見個長大漢從松林深處來，你便捉住。」夜來望見山前火起，小僧看了一夜。又不知此間山徑路數是何處。今早正見這賊爬過山來，因此俺一禪杖打翻，就捉來綁了。不想正是方臘。」

宋江又問道：「那一個老僧今在何處？」魯智深道：「那個老僧自引小僧到茅庵裏，分付了柴米出來，竟不知投何處去了。」宋江道：「那和尚眼見得是聖僧羅漢，如此顯靈。今吾師成此大功，回京奏聞朝廷，可以還俗爲官，在京師圖個蔭子封妻，光耀祖宗，報答父母劬勞之恩。」魯智深答道：「灑家心已成灰，不願爲官，衹圖尋個净了去處，安身立命足矣。」宋江道：「吾師既不肯還俗，便到京師去住持一個名山大刹，爲一僧首，也光顯宗風，亦報答得父母。」智深聽了，摇首叫道：「都不要，要多也無用。衹得個囫圇尸首，便是强了。」宋江聽罷，默上心來，各不喜歡。點本部下將佐，俱已數足。教將方臘陷車盛了，解上東京，面見天子。催起三軍，帶領諸將，離了幫源洞清溪縣，都回睦州。

却說張招討會集都督劉光世，童樞密，從、耿二參謀，都在睦州聚齊，合兵一處，屯駐軍馬。見說宋江獲了大功，拿住方臘，解來睦州，衆官都來慶賀。宋江等諸將參拜已了張招討、童樞密等衆官，張招討道：「已知將軍邊塞勞苦，損折弟兄。今已全功，實爲萬幸。」宋江再拜泣涕道：「當初小將等一百八人破大遼，還京都不曾損了一個。誰想首先去了公孫勝。京師已留下數人。克復揚州，渡大江，怎知十停去七。今日宋江雖存，有何面目再見山東父老，故鄉親戚！」張招討道：「先鋒休如此說。自古道：貧富貴賤，宿生所載。壽夭命長，人生分定。常言道：有福人送無福人。何以損折將佐爲羞爲耻！今日功成名顯，朝廷知道，必當重用，封官賜爵，光顯門閭，衣錦還鄉，誰不稱羡！閑事不須挂意，衹顧收拾回軍朝覲。」

宋江拜謝了總兵等官，自來號令諸將。張招討已傳下軍令，教把生擒到賊徒僞官等衆，除留方臘另行解赴東京，其餘從賊，都就睦州市曹斬首施行。所有未收去處，衢、婺等縣賊役贓官，得知方臘已被擒獲，一半逃散，一半都來睦縣自行投首，拜參張招討并衆官。盡皆準首，復爲良民。就行出榜，去各處招撫，以安百姓。其餘隨從賊徒，不傷人者，亦准其自首投降，復爲鄉民，撥還産業田園。克復州縣已了，各調守御官軍，護境安民，不在話下。再説張招討衆官都在睦州設太平宴，慶賀衆將官僚，賞勞三軍將校。傳令教先鋒頭目，收拾朝京。軍令傳下，各各準備行裝，陸續登程。

且説先鋒使宋江，思念亡過衆將，灑然泪下。不想患病在杭州張橫、穆弘等六人，朱富、穆春看視，共是八人在彼。後亦各患病身死，止留得楊林、穆春到來，隨軍征進。想起諸將勞苦，今日太平，當以超度。便就睦州宫觀净處揚起長幡，修設超度九幽拔罪好事，做三百六十分羅天大醮，追薦前亡後化列位偏正將佐已了。次日，椎牛宰馬，致備牲醴，與同軍師吴用等衆將，俱到烏龍神廟裏，焚帛享祭烏龍大王，謝祈龍君護佑之恩。回至寨中，所有部下正偏將佐陣亡之人，收得屍骸者，俱令各自安葬已了。宋江與盧俊義收拾軍馬將校人員，隨張招討回杭州，聽候聖旨，班師回京。衆多將佐功勞，俱各造册，上了文簿，進呈御前。先寫表章申奏天子。三軍齊備，陸續起程。宋江看了部下正偏將佐，止剩得三十六員回軍。那三十六人是：

呼保義宋江　玉麒麟盧俊義　智多星吴用　大刀關勝　豹子頭林沖
雙鞭呼延灼　小李廣花榮　小旋風柴進　撲天雕李應　美髯公朱仝
花和尚魯智深　行者武松　神行太保戴宗　黑旋風李逵　病關索楊雄
混江龍李俊　活閻羅阮小七　浪子燕青　神機軍師朱武　鎮三山黄信
病尉遲孫立　混世魔王樊瑞　轟天雷凌振　鐵面孔目裴宣　神算子蔣敬
鬼臉兒杜興　鐵扇子宋清　獨角龍鄒潤　一枝花蔡慶　錦豹子楊林

小遮攔穆春　出洞蛟童威　翻江蜃童猛　鼓上蚤時遷　小尉遲孫新
母大蟲顧大嫂

當下宋江因爲征剿方臘，自渡江已過，損折了許多將佐，止剩得正偏將三十六員回京。催促起人馬，俱要到杭州取齊，與張招討約會，聽命朝覲。宋江與同諸將引兵馬離了睦州，前望杭州進發。正是收軍鑼響千山震，得勝旗開十里紅。于路無話，已回到杭州。因張招討軍馬在城，宋先鋒且屯兵在六和塔駐扎。諸將都在六和寺安歇。先鋒使宋江、盧俊義，早晚入城聽令。

且説魯智深自與武松在寺中一處歇馬聽候，看見城外江山秀麗，景物非常，心中歡喜。是夜月白風清，水天同碧。二人正在僧房裏睡，至半夜，忽聽得江上潮聲雷響。魯智深是關西漢子，不曾省得浙江潮信，祇道是戰鼓響，賊人生發，跳將起來，摸了禪杖，大喝着便搶出來。衆僧吃了一驚，都來問道：「師父何爲如此，趕出何處去？」魯智深道：「灑家聽得戰鼓響，待要出去厮殺。」衆僧都笑將起來，道：「師父錯聽了，不是戰鼓響，乃是錢塘江潮信響。」魯智深見説，吃了一驚，問道：「師父，怎地唤做潮信響？」寺内衆僧推開窗，指着那潮頭叫魯智深看，説道：「這潮信日夜兩番來，并不違時刻。今朝是八月十五日，合當三更子時潮來。因不失信，爲之潮信。」魯智深看了，從此心中忽然大悟，拍掌笑道：「俺師父智真長老，曾囑付與灑家四句偈言，道是：『逢夏而擒』，俺在萬松林裏厮殺，活捉了個夏侯成；『遇臘而執』，俺生擒方臘。今日正應了：『聽潮而圓，見信而寂。』俺想既逢潮信，合當圓寂。衆和尚，俺家問你，如何唤做圓寂？」寺内衆僧答道：「你是出家人，還不省得？佛門中圓寂便是死。」魯智深笑道：「既然死乃唤做圓寂，灑家今已必當圓寂。煩與俺燒桶湯來，灑家沐浴。」寺内衆僧，都祇道他説要，又見他這般性格，不敢不依他。祇得唤道人燒湯來與魯智深洗浴，換了一身御賜的僧衣，便叫部下軍校：「去報宋公明先鋒哥哥，來看灑家。」又問寺内衆僧處，討紙筆寫下一篇頌子。去法堂上，捉把禪椅，當中坐了。焚起一爐好香，放了那張紙在禪床上，自迭起兩隻脚，左脚搭在右脚，自然天性騰空。比及宋公明見報，急引衆頭領來看時，魯智深已自坐在禪椅上不動了。看其頌曰：

『平生不修善果，衹愛殺人放火。忽地頓開金枷，這裏扯斷玉鎖。咦！錢塘江上潮信來，今日方知我是我。』

宋江與盧俊義看了偈語，嗟嘆不已。衆多頭領都來看視魯智深，焚香拜禮。城内張招討并童樞密等衆官，亦來拈香拜禮。宋江教把魯智深衣鉢并朝廷賞賜，出來俵散衆僧，做了三晝夜功果，合個朱紅龕子盛了，直去請徑山住持大惠禪師，來與魯智深下火。五山十刹禪師，都來誦經懺悔。迎出龕子，去六和塔後燒化那魯智深。那徑山大惠禪師手執火把，直來龕子前，指着魯智深，道幾句法語，是：

『魯智深，魯智深，起身自緑林。兩隻放火眼，一片殺人心。忽地隨潮歸去，果然無處跟尋。咄！解使滿空飛白玉，能令大地作黄金。』

大惠禪師下了火已了，衆僧誦經懺悔，焚化龕子，在六和塔山後，收取骨殖，葬入塔院。所有魯智深隨身多餘衣鉢金銀并各官布施，盡都納入六和寺裏，常住公用。

當下宋江看視武松，雖然不死，已成廢人。武松對宋江説道：『小弟今已殘疾，不願赴京朝覲，盡將身邊金銀賞賜，都納此六和寺中陪堂公用，已作清閑道人，十分好了。哥哥造册，休寫小弟進京。』宋江見説：『任從你心。』武松自此衹在六和寺中出家，後至八十善終，這是後話。

再説先鋒宋江每日去城中聽令，待張招討中軍人馬前進，已將軍兵入城屯扎。半月之間，朝廷天使到來，奉聖旨：令先鋒宋江等班師回京。張招討，童樞密，都督劉光世，從、耿二參謀，大將王稟、趙譚，中軍人馬，陸續先回京師去了。宋江等隨即收拾軍馬回京。比及起程，不想林冲染患風病癱了，楊雄發背瘡而死，時遷又感攪腸沙而死。宋江見了，感傷不已。丹徒縣又申將文書來，報説楊志已死，葬于本縣山園。林冲風癱，又不能痊，就留在六和寺中，教武松看視，後半載而亡。

再説宋江與同諸將，離了杭州，望京師進發。衹見浪子燕青私自來勸主人盧俊義道：『小乙自幼隨侍主人，蒙恩感德，一言難盡。今既大事已畢，欲同主人納還原受官誥，私走隱迹埋名，尋個僻净去處，以終天年。未知主人意下若何？』盧俊義道：『自從梁山泊歸順宋朝已來，北破遼兵，南征方臘，勤勞不易，邊塞苦楚。弟兄殞折，幸存我一家二人性命。正要衣錦還鄉，圖個封妻蔭子，你如何却尋這等没結果？』燕青笑道：『主人差矣。小乙此去，正有結果。衹恐主人此去，定無結果。』若燕青，可謂知進退存亡之機矣。有詩爲證：

略地攻城志已酬，陳辭欲伴赤松游。時人苦把功名戀，衹怕功名不到頭。

盧俊義道：『燕青，我不曾存半點异心，朝廷如何負我？』燕青道：『主人豈不聞韓信立下十大功勞，衹落得未央宫前斬首。彭越醢爲肉醬，英布弓弦藥酒。主公，你可尋思，禍到臨頭難走。』盧俊義道：『我聞韓信，三齊擅自稱王，教陳豨造反；彭越殺身亡家，大梁不朝高祖；英布九江受任，要謀漢帝江山。以此漢高帝詐游雲夢，令吕後斬之。我雖不曾受這般重爵，亦不曾有此等罪過。』燕青道：『既然主公不聽小乙之言，衹怕悔之晚矣。小乙本待去辭宋先鋒，他是個義重的人，必不肯放。衹此辭別主公。』盧俊義道：『你辭我，待要那裏去？』燕青道：『也衹在主公前後。』盧俊義笑道：『原來也衹恁地。看你到那裏？』燕青納頭拜了八拜。當夜收拾了一擔金珠寶貝挑着，徑不知投何處去了。次日早晨，軍人收得字紙一張，來報復宋先鋒。宋江看那一張字紙時，上面寫道是：

『辱弟燕青百拜懇告先鋒主將麾下：自蒙收録，多感厚恩。效死幹功，補報難盡。今自思命薄身微，不堪國家任用，情願退居山野，爲一閑人。本待拜辭，恐主將義氣深重，不肯輕放，連夜潛去。今留口號四句拜辭，望乞主帥恕罪。

情願自將官誥納，不求富貴不求榮。身邊自有君王赦，淡飯黄齏過此生。』

宋江看了燕青的書并四句口號，心中鬱悒不樂。當時盡收拾損折將佐的官誥牌面，送回京師，繳納還官。

宋兵人馬，迤邐前進。比及行至蘇州城外，衹見混江龍李俊詐中風疾，倒在床上，手下軍人來報宋先鋒。宋江見報，親自領醫人來看治李俊。李俊道：『哥哥休誤了回軍的程限，朝廷見責，亦恐張招討先回日久。哥哥憐憫李俊時，可留下童威、童猛看視兄弟，待病體痊可，隨後趕來朝覲。哥哥軍馬，請自赴京。』宋江見説，心雖不然，倒不疑慮，衹得引軍前進。又被張招討行文催趲，宋江衹得留下李俊、童威、童猛三人，自同諸將上馬赴京去了。

且説李俊三人竟來尋見費保四個，不負前約。七人都在榆柳莊上商議定了，盡將家私打造船隻，從太倉港乘駕出海，自投化外國去了。後來爲暹羅國之主。童威、費保等都做了化外官職，自取其樂，另霸海濱。這是李俊的後話。

再説宋江等諸將一行軍馬，在路無話。復過常州、潤州相戰去處，宋江無不傷感。軍馬渡江，十存二三，過揚州，進淮安，望京師不遠了。宋江傳令，叫衆將各各準備朝覲。三軍人馬，九月二十後回到東京。張招討中軍人馬，先進城去。宋江等軍馬，衹就城外屯住，扎營于舊時陳橋驛，聽候聖旨。宋江叫裴宣寫録見在朝京大小正偏將佐數目，共計二十七員。正將一十二員：宋江、盧俊義、吴用、關勝、呼延灼、花榮、柴進、李應、朱仝、戴宗、李逵、阮小七。偏將一十五員：朱武、黄信、孫立、樊瑞、凌振、裴宣、蔣敬、杜興、宋清、鄒潤、蔡慶、楊林、穆春、孫新、顧大嫂。是日，宋江將大小諸將見在者，殁于王事者，録其名數，寫成謝恩表章。仍令正偏將佐，俱各準備幞頭公服，伺候朝見天子。三日之後，上皇設朝，近臣奏聞。天子教宣宋江等面君朝見。此日東方漸明，宋江、盧俊義等二十七員將佐承旨，即忙上馬入城。東京百姓看了時，此是第三番朝見。想這宋江等初受招安時，却奉聖旨，都穿御賜的紅緑錦襖子，懸挂金銀牌面，入城朝見。破大遼之後回京師時，天子宣命，都是披袍挂甲，戎裝入城朝見。今番太平回朝，天子特命文扮，却是幞頭公服，入城朝覲。東京百姓看了衹剩得這幾個回來，衆皆嗟嘆不已。宋江等二十七人，來到正陽門下，齊齊下馬入朝。侍御史引至丹墀玉階之下，宋江、

盧俊義爲首，上前八拜，退後八拜，進中八拜，三八二十四拜，揚塵舞蹈，山呼萬歲，君臣禮足。徽宗天子看見宋江等衹剩得這些人員，心中嗟念。上皇命都宣上殿。宋江、盧俊義引領衆將，都上金階，齊跪在珠簾之下。上皇命賜衆將平身。左右近臣，早把珠簾卷起。天子乃曰：『朕知卿等衆將，收剿江南，多負勞苦。卿之弟兄，損折大半，朕聞不勝傷悼。』宋江垂泪不起，仍自再拜奏曰：『以臣滷鈍薄才，肝腦塗地，亦不能報國家大恩。昔日念臣共聚義兵一百八人，登五臺發願。誰想今日十損其八！謹録人數，未敢擅便具奏。伏望天慈，俯賜聖鑒。』上皇曰：『卿等部下殁于王事者，朕命各墳加封，不没其功。』宋江再拜，進上表文一通。表曰：

『平南都總管正先鋒使臣宋江等謹上表：伏念臣江等，愚拙庸才，孤陋俗吏，往犯無涯之罪，幸蒙莫大之恩，高天厚地豈能酬，粉骨碎身何足報。股肱竭力，離水泊以除邪；兄弟同心，登五臺而發願。全忠秉義，護國保民。幽州城鏖戰遼兵，清溪洞力擒方臘。雖則微功上達，奈緣良將下沉。臣江日夕懷憂，旦暮悲愴。伏望天恩，俯賜聖鑒，使已殁者皆蒙恩澤，見在生者得庇洪休。臣江乞歸田野，願作農民。實陛下仁育之賜，遂微臣退休之心。誠惶誠恐，稽首頓首。臣江等不勝戰悚之至！謹録存殁人數，隨表上進以聞。

陣亡正偏將佐五十九員：

正將一十四員：

秦明　徐寧　董平　張清　劉唐　史進　索超　張順　雷横

石秀　解珍　解寶　阮小二　阮小五

偏將四十五員：

宋萬　焦挺　陶宗旺　韓滔　彭玘　曹正　宣贊　孔亮　鄭天壽

施恩　鄧飛　周通　龔旺　鮑旭　段景住　侯健　孟康　王英

項充　李袞　單廷珪　呂方　燕順　馬麟　郭盛　歐鵬　鬱保四
陳達　楊春　李忠　薛永　李雲　丁得孫　石勇　杜遷　鄒淵
李立　湯隆　王定六　蔡福　張青　郝思文　扈三娘　魏定國　孫二娘
于路病故正偏將佐一十員：
正將五員：
林冲　楊志　張横　穆弘　楊雄
偏將五員：
孔明　朱貴　朱富　白勝　時遷
杭州六和寺坐化正將一員：
魯智深
折臂不願恩賜，六和寺出家正將一員：
武松
舊在京，回還薊州出家正將一員：
公孫勝
不願恩賜，于路辭去正偏將四員：
正將二員：
燕青　李俊
偏將二員：

童威　童猛
舊留在京師，并取回醫士，現在京偏將五員：
安道全　皇甫端　金大堅　蕭讓　樂和
現在朝覲正偏將佐二十七員：
正將一十二員：
宋江　盧俊義　吴用　關勝　花榮　柴進　李應　呼延灼　朱仝　戴宗　李逵　阮小七
偏將一十五員：
朱武　黄信　孫立　樊瑞　凌振　裴宣　蔣敬　杜興　宋清　鄒潤
蔡慶　楊林　穆春　孫新　顧大嫂
宣和五年九月，先鋒使臣宋江，副先鋒臣盧俊義等謹上表。」

上皇覽表，嗟嘆不已，乃曰：『卿等一百八人，上應星曜。今止有二十七人見存，又辭去了四個，真乃十去其八矣！』隨降聖旨，將這已歿于王事者，正將偏將，各授名爵。正將封爲忠武郎，偏將封爲義節郎。如有子孫者，就令赴京，照名承襲官爵；如無子孫者，敕賜立廟，所在享祭。惟有張順顯靈有功，敕封金華將軍。僧人魯智深擒獲方臘有功，善終坐化于大刹，加封義烈昭暨禪師。武松對敵有功，傷殘折臂，現于六和寺出家，封贈清忠祖師，賜錢十萬貫，以終天年。已故女將二人，扈三娘加封花陽郡夫人，孫二娘加封旌德郡君。現在朝覲，除先鋒使另封外，正將十員，各授武節將軍，諸州統制；偏將十五員，各授武奕郎，諸路都統領。管軍管民，省院聽調。女將一員顧大嫂，封授東源縣君。

先鋒使宋江，加授武德大夫、楚州安撫使、兼兵馬都總管。

副先鋒盧俊義，加授武功大夫、盧州安撫使、兼兵馬副總管。
軍師吴用，授武勝軍承宣使。　關勝授大名府正兵馬總管。
呼延灼授御營兵馬指揮使。　花榮授應天府兵馬都統制。
柴進授横海軍滄州都統制。　李應授中山府鄆州都統制。
朱仝授保定府都統制。　戴宗授兗州府都統制。
李逵授鎮江潤州都統制。　阮小七授蓋天軍都統制。

上皇敕命各各正偏將佐，封官授職，謝恩聽命，給付賞賜。偏將一十五員，各賜金銀三百兩，彩緞五表裏。正將一十員，各賜金銀五百兩，彩緞八表裏。先鋒使宋江、盧俊義，各賜金銀一千兩，錦緞十表裏，御花袍一套，名馬一匹。宋江等謝恩畢。又奏睦州烏龍大王，二次顯靈，護國保民，救護軍將，以全德勝。上皇准奏，聖敕加封忠靖靈德普佑孚惠龍王。御筆改睦州爲嚴州，歙州爲徽州，因是方臘造反之地，各帶反文字體。清溪縣改爲淳安縣，幫源洞鑿開爲山島。敕委本州官庫内支錢起建烏龍大王廟，御賜牌額。至今古迹尚存。江南是方臘殘破去處，被害人民，普免差徭三年。

當日宋江等，各各謝恩已了。天子命設太平筵宴，慶賀功臣。文武百官，九卿四相，同登御宴。御筵已畢，衆將謝恩。宋江又奏：『臣部下自梁山泊受招安，軍卒亡過大半。尚有願還家者，乞陛下聖恩優恤。』天子准奏，降勅：如願爲軍者，賜錢一百貫，絹十匹，于龍猛、虎威二營收操，月支俸糧養贍。如不願者，賜錢二百貫，絹十匹，各令回鄉，爲民當差。宋江又奏：『臣生居鄆城縣，獲罪以來，自不敢還鄉。乞聖上寬恩，給假回鄉，拜掃省視親族，却還楚州之任。未敢擅便，乞請聖旨。』上皇聞奏大喜，再賜錢十萬貫，作還鄉之資。當日飲宴席終，謝恩已罷，辭賀出朝。次日，中書省作太平筵宴，管待衆將。第三日，樞密院又設宴慶賀太平。其張招討，劉都督，童樞密，從、耿二參謀，王、趙二大將，朝廷自升重爵，不在此本話内。太乙院題本，奏請聖旨，將方臘于東京市曹上凌遲處死，剮了三日示衆。有詩爲證：

宋江重賞升官日，方臘當刑受剮時。
善惡到頭終有報，祇爭來早與來遲。

再說宋江奏請了聖旨，給假回鄉省親。當部下軍將，願爲軍者，報名送發龍猛、虎威二營收操，關給賞賜，馬軍守備。願爲民者，關請銀兩，各各還鄉，爲民當差。部下偏將，亦各請受恩賜，聽除管軍管民，護境爲官，關領誥命，各人赴任，與國安民。

宋江分派已了，與衆暫别，自引兄弟宋清，帶領隨行軍健一二百人，挑擔御物行李衣裝賞賜，離了東京，望山東進發。宋江、宋清在馬上衣錦還鄉，回歸故里。離了京師，于路無話。自來到山東鄆城縣宋家村，鄉中故舊，父老親戚，都來迎接。宋江回到莊上，不期宋太公已死，靈柩尚存。宋江、宋清痛哭傷感，不勝哀戚。家眷莊客，都來拜見宋江。莊院田産家私什物，宋太公存日，整置得齊備，亦如舊時。宋江在莊上修設好事，請僧命道，修建功果，薦拔亡過父母宗親。州縣官僚，探望不絶。擇日選時，親扶太公靈柩，高原安葬。是日，本州官員，親鄰父老，賓朋眷屬，盡來送葬已了，不在話下。宋江思念玄女娘娘，願心未酬，將錢五萬貫，命工匠人等，重建九天玄女娘娘廟宇。兩廊山門，妝飾聖像，彩畫兩廡，俱已完備。不覺在鄉日久，誠恐上皇見責，選日除了孝服，又做了幾日道場。次後設一大會，請當村鄉尊父老，飲宴酌杯，以叙間别之情。次日，親戚亦皆置筵慶賀，以會故舊之心。不在話下。宋江將莊院交割與次弟，宋清雖受官爵，祇在鄉中務農，奉祀宗親香火。將多餘錢帛，散惠下民。

再説宋江在鄉中住了數月，辭别鄉老故舊，再回東京來，與衆弟兄相見。衆人亦各自搬取老小家眷回京住的，有往任所去的；亦有夫主兄弟歿于王事的，朝廷已自頒降恩賜金帛，令歸鄉里，優恤其家。宋江自到東京，每日給散三軍。諸將已亡過者，家眷老小，發遣回鄉，都已完足。朝前聽命，辭別省院諸官，收拾赴任。祇見神行太保戴宗，來相探宋江，坐間說出一席話來，有分教：宋公明生爲鄆城縣英雄，死作蓼兒窪土地。正是：凛凛清風生廟宇，堂堂遺像在凌烟。

畢竟戴宗對宋江說出甚話來，且聽下回分解。

第一百二十回　宋公明神聚蓼兒窪　徽宗帝夢游梁山泊

話說宋江衣錦還鄉，還至東京，與衆弟兄相會，令其各人收拾行裝，前往任所。當有神行太保戴宗來探宋江，二人坐間閑話。祇見戴宗起身道：『小弟已蒙聖恩，除受兖州都統制。今情願納下官誥，要去泰安州岳廟裏，陪堂求閑，過了此生，實爲萬幸。』宋江道：『賢弟何故行此念頭？』戴宗道：『兄弟夜夢崔府君勾喚，因此發了這片善心。』宋江道：『賢弟生身既爲神行太保，他日必作岳府靈聰。』自此相別之後，戴宗納還了官誥，去到泰安州岳廟裏，陪堂出家。在彼每日殷勤奉祀聖帝香火，虔誠無怠。後數月，一夕無恙，請衆道伴相辭作別，大笑而終。後來在岳廟裏累次顯靈，州人廟祝，隨塑戴宗神像于廟裏，胎骨是他真身。

又有阮小七受了誥命，辭別宋江，已往蓋天軍做都統制職事。未及數月，被大將王禀、趙譚懷挾幫源洞辱罵舊恨，累累于童樞密前訴說阮小七的過失：『曾穿着方臘的赭黄袍，龍衣玉帶，雖是一時戲耍，終久懷心不良，亦且蓋天軍地僻人蠻，必致造反。』童貫把此事達知蔡京，奏過天子，請降了聖旨，行移公文到彼處，追奪阮小七本身的官誥，復爲庶民。阮小七見了，心中也自歡喜。帶了老母回還梁山泊石碣村，依舊打魚爲生，奉養老母，以終天年。後自壽至六十而亡。

且說小旋風柴進在京師，見戴宗納還官誥求閑去了，又見說朝廷追奪了阮小七官誥，不合戴了方臘的平天冠，龍衣玉帶，意在學他造反，罰爲庶民。尋思：『我亦曾在方臘處做駙馬，倘或日後奸臣們知得，于天子前讒佞，見責起來，追了誥命，豈不受辱？不如自識時務，免受玷辱。』推稱風疾病患，不時舉發，難以任用，不堪爲官，情願納還官誥，求閑爲農，辭別衆官，再回滄州橫海郡爲民，自在過活。忽然一日，無疾而終。

李應授中山府都統制，赴任半年，聞知柴進求閑去了，自思也推稱風癱，不能爲官。申達省院，繳納官誥，復還故鄉獨龍岡村中過活。後與杜興一處作富豪，俱得善終。

關勝在北京大名府總管兵馬，甚得軍心，衆皆欽伏。一日操練軍馬回來，因大醉失脚，落馬得病身亡。呼延灼受御營指揮使，每日隨駕操備。後領大軍破大金兀術四太子，出軍殺至淮西陣亡。祇有朱仝在保定府管軍有功，後隨劉光世破了大金，直做到太平軍節度使。

花榮帶同妻小妹子，前赴應天府到任。吴用自來單身，祇帶了隨行安童，去武勝軍到任。李逵亦是獨自帶了兩個僕從，自來潤州到任。話説爲何祇説這三個到任，别的都説了絶後結果？爲這七員正將，都不厮見着，先説了結果。後這五員正將，宋江、盧俊義、吴用、花榮、李逵還有厮會處，以此未説絶了，結果下來便見。

再説宋江、盧俊義在京師，都分派了諸將賞賜，各各令其赴任去訖。殁于王事者，止將家眷人口，關給與恩賞錢帛金銀，仍各送回故鄉，聽從其便。再有見在朝京偏將一十五員，除兄弟宋清還鄉爲農外，杜興已自跟隨李應還鄉去了。黄信仍任青州。孫立帶同兄弟孫新、顧大嫂并妻小，自依舊登州任用。鄒潤不願爲官，回登雲山去了。蔡慶跟隨關勝，仍回北京爲民。裴宣自與楊林商議了，自回飲馬川，受職求閑去了。蔣敬思念故鄉，願回潭州爲民。朱武自來投授樊瑞道法，兩個做了全真先生，雲游江湖，去投公孫勝出家，以終天年。穆春自回揭陽鎮鄉中，後爲良民。凌振炮手非凡，仍授火藥局御營任用。舊在京師偏將五員，安道全欽取回京，就于太醫院做了金紫醫官。皇甫端原受御馬監大使。金大堅已在内府御寶監爲官。蕭讓在蔡太師府中受職，作門館先生。樂和在駙馬王都尉府中，盡老清閑，終身快樂。不在話下。

且説宋江自與盧俊義分别之後，各自前去赴任。盧俊義亦無家眷，帶了數個隨行伴當，自望廬州去了。宋江謝恩辭朝，别了省院諸官，帶同幾個家人僕從，前往楚州赴任。自此相别，都各分散去了。亦不在話下。

且説宋朝原來自太宗傳太祖帝位之時，説了誓願，以致朝代奸佞不清。至今徽宗天子，至聖至明，不期致被奸臣當道，讒佞專權，屈害忠良，深可憫念。當此之時，却是蔡京、童貫、高俅、楊戩四個賊臣，變亂天下，壞國壞家壞民。當有殿帥府太尉高俅、楊戩，因見天子重禮厚賜宋江等這伙將校，心内好生不然。兩個自來商議道：『這宋江、盧俊義皆是我等仇人，今日倒吃他做了有功大臣，受朝廷這等欽恩賞賜，却教他上馬管軍，下馬管民。我等省院官僚，如何不惹人耻笑！自古道：恨小非君子，無毒不丈夫。』楊戩道：『我有一計，先對付了盧俊義，便是絶了宋江一隻臂膊。這人十分英勇。若先對付了宋江，他若得知，必變了事，倒惹出一場不好。』高俅道：『願聞你的妙計如何。』楊戩道：『排出幾個廬州軍漢，來省院首告盧安撫招軍買馬，積草屯糧，意在造反。便與他申呈去太師府啓奏，和這蔡太師都瞞了。等太師奏過天子，請旨定奪，却令人賺他來京師。待上皇賜御食與他，于内下了些水銀，却墜了那人腰腎，做用不得，便成不得大事。再差天使，却賜御酒與宋江吃，酒裏也與他下了慢藥，祇消半月之間，一定没救。』高俅道：『此計大妙。』有詩爲證：

自古權奸害善良，不容忠義立家邦。皇天若肯明昭報，男作俳優女作倡。

兩個賊臣計議定了，着心腹人出來尋覓兩個廬州土人，寫與他狀子，叫他去樞密院，首告盧安撫在廬州即日招軍買馬，積草屯糧，意欲造反。使人常往楚州，結連安撫宋江，通情起義。樞密院却是童貫，亦與宋江等有仇。當即收了原告狀子，徑呈來太師府啓奏。蔡京見了申文，便會官計議。此時高俅、楊戩俱各在彼，四個奸臣定了計策，引領原告人入内啓奏天子。上皇曰：『朕想宋江、盧俊義，破大遼，收方臘，掌握十萬兵權，尚且不生歹心。今已去邪歸正，焉肯背反？寡人不曾虧負他，如何敢叛逆朝廷？其中有詐，未審虚的，難以准信。』當有高俅、楊戩在傍奏道：『聖上道理雖是忠愛，人心難忖，想必是盧俊義嫌官卑職小，不滿其心，復懷反意，不幸被人知覺。』上皇曰：『可唤來寡人親問，自取實招。』蔡京、童貫又奏道：『盧俊義是一猛獸，未保其心。倘若驚動了他，必致走透，深爲未便，今後難以收捕。祇可賺來京師，陛下親賜御膳御酒，將聖言撫諭之，窺其虚實動静。若無，不必究問。亦顯陛下不負功臣之念。』上皇准奏，隨即降下聖旨，差一使命徑往廬州宣取盧俊義還朝，有委用的事。

天使奉命來到廬州，大小官員出郭迎接。直至州衙，開讀已罷。

話休絮煩。盧俊義聽了聖旨宣取回朝，便同使命離了廬州，一齊上了鋪馬來京。于路無話。早至東京皇城司前歇了。次日早，到東華門外伺候早朝。時有太師蔡京、樞密院童貫、太尉高俅、楊戩，引盧俊義于偏殿朝見上皇。拜舞已罷，天子道：『寡人欲見卿一面。』又問：『廬州可容身否？』盧俊義再拜奏道：『托賴聖上洪福齊天，彼處軍民亦皆安泰。』上皇又問了些閑話。俄延至午。尚膳厨官奏道：『進呈御膳在此，未敢擅便，乞取聖旨。』此時高俅、楊戩，已把水銀暗地着放在裏面，供呈在御案上。天子當面將膳賜與盧俊義，盧俊義拜受而食。上皇撫諭道：『卿去廬州，務要盡心安養軍士，勿生非意。』盧俊義頓首謝恩，出朝回還廬州，全然不知四個賊臣設計相害。高俅、楊戩相謂曰：『此後大事定矣。』

再說盧俊義星夜便回廬州來，覺道腰腎疼痛，動舉不得，不能乘馬，坐船回來。行至泗州淮河，天數將盡，自然生出事來。其夜因醉，要立在船頭上消遣。不想水銀墜下腰胯并骨髓裏去，册立不牢，亦且酒後失脚，落于淮河深處而死。可憐河北玉麒麟，屈作水中冤抑鬼！從人打撈起尸首，具棺椁殯于泗州高原深處。本州官員動文書申復省院，不在話下。

且說蔡京、童貫、高俅、楊戩四個賊臣，計較定了，將賫泗州申達文書，早朝奏聞天子說：『泗州申復：盧安撫行至淮河，墜水而死。臣等省院，不敢不奏。今盧俊義已死，衹恐宋江心内設疑，别生他事。乞陛下聖鑒，可差天使，賫御酒往楚州賞賜，以安其心。』上皇沈吟良久，欲道不准，未知其心；意欲准行，誠恐害人。上皇無奈，終被奸臣讒佞所惑，片口張舌，花言巧語，緩裏取事，無不納受。遂降御酒二樽，差天使一人，賫往楚州，限目下便行。眼見得這使臣亦是高俅、楊戩二賊手下心腹之輩。天數衹注宋公明合當命盡，不期被這奸臣們將御酒内放了慢藥在裏面，却教天使賫擎了，徑往楚州來。

且說宋公明自從到楚州爲安撫，兼管總領兵馬。到任之後，惜軍愛民，百姓敬之如父母，軍校仰之若神明，訟庭肅然，六事俱備，人心既服，軍民欽敬。宋江赴任之後，時常出郭游玩。原來楚州南門外有個去處，地名喚做蓼兒窪。其山四面都是水港，中有高山一座。其山秀麗，松柏森然，甚有風水，和梁山泊無异。雖然是個小去處，其内山峰環繞，龍虎踞盤，曲折峰巒，坡階臺砌，四圍港汊，前後湖蕩，儼然似水滸寨一般。宋江看了，心中甚喜，自己想道：『我若死于此處，堪爲陰宅。』但若身閑，常去游玩，樂情消遣。

話休絮煩。自此宋江到任以來，將及半載，時是宣和六年首夏初旬，忽聽得朝廷降賜御酒到來，與衆出郭迎接。入到公廨，開讀聖旨已罷。天使捧過御酒，教宋安撫飲畢。宋江亦將御酒回勸天使，天使推稱自來不會飲酒。御酒宴罷，天使回京。宋江備禮饋送天使，天使不受而去。

宋江自飲御酒之後，覺道肚腹疼痛，心中疑慮，想被下藥在酒裏。却自急令從人打聽那來使時，于路館驛却又飲酒。宋江已知中了奸計，必是賊臣們下了藥酒。乃嘆曰：『我自幼學儒，長而通吏。不幸失身于罪人，并不曾行半點异心之事。今日天子信聽讒佞，賜我藥酒，得罪何辜！我死不爭，祗有李逵見在潤州都統制，他若聞知朝廷行此奸弊，必然再去哨聚山林，把我等一世清名忠義之事壞了。祗除是如此行方可。』

連夜使人往潤州喚取李逵星夜到楚州，别有商議。

且說黑旋風李逵自到潤州爲都統制，祗是心中悶倦，與衆終日飲酒，祗愛貪杯。聽得楚州宋安撫差人到來有請，李逵道：『哥哥取我，必有話說。』便同幹人下了船，直到楚州，徑入州治拜見。宋江道：『兄弟，自從分散之後，日夜祗是想念衆人。吴用軍師，武勝軍又遠。花知寨在應天府，又不知消耗。祗有兄弟在潤州鎮江較近，特請你來商量一件大事。』李逵道：『哥哥，什麽大事？』宋江道：『你且飲酒。』宋江請進後廳，現成杯盤，隨即管待李逵，吃了半晌酒食。

將至半酣，宋江便道：『賢弟不知，我聽得朝廷差人賫藥酒來賜與我吃。如死，却是怎的好？』李逵大叫一聲：『哥哥，反了罷！』宋江道：『兄弟，軍馬盡都没了，兄弟們又各分散，如何反得成？』李逵道：『我鎮江有三千軍馬，哥哥這裏楚州軍馬，盡點起來，并這百姓都盡數起去，并氣力招軍買馬，殺將去。祗是再上梁山泊倒快活，强似在這奸臣們手下受氣！』宋江道：『兄弟且慢着，再有計較。』不想昨日那接風酒内，已下了慢藥。

當夜，李逵飲酒了。次日，具舟相送。李逵道：『哥哥，幾時起義兵？我那裏也起軍來接應。』宋江道：『兄弟，你休怪我！前日朝廷差天使賜藥酒與我服了，死在旦夕。我爲人一世，祗主張忠義二字，不肯半點欺心。今日朝廷賜死無辜，寧可朝廷負我，我忠心不負朝廷。我死之後，恐怕你造反，壞了我梁山泊替天行道忠義之名，因此請將你來，相見一面。昨日酒中已與了你慢藥服了，回至潤州必死。你死之後，可來此處楚州南門外，有個蓼兒窪，風景盡與梁山泊無异，和你陰魂相聚。我死之後，尸首定葬于此處，我已看定了也！』言訖，墮泪如雨。

李逵見說，亦垂泪道：『罷，罷，罷！生時伏侍哥哥，死了也祗是哥哥部下一個小鬼。』言訖，泪下。便覺道身體有些沉重。當時灑泪，拜别了宋江下船。回到潤州，果然藥發身死。李逵臨死之時，囑付從人：『我死了，可千萬將我靈柩，去楚州南門外蓼兒窪，和哥哥一處埋葬。』囑罷而死。從人置備棺槨盛貯，不負其言，扶柩而往。

原來楚州南門外蓼兒窪，果然風景异常，四面俱是水，中有此山。宋江自到任以來，便看在眼裏，常時游玩樂情。雖然窄狹，山峰秀麗，與梁山泊無异。常言：『我死當葬于此處。』不期果應其言。宋江自與李逵别後，心中傷感，思念吴用、花榮，不得會面。是夜藥發，臨危囑付從人親隨之輩：『可依我言，將我靈柩，殯葬此間南門外蓼兒窪高原深處，必報你衆人之德。乞依我囑。』言訖而逝。宋江從人置備棺槨，依禮殯葬楚州。官吏聽從其言，不負遺囑，當與親隨人從，本州吏胥老幼，扶宋公明靈柩，葬于蓼兒窪。數日之後，李逵靈柩亦從潤州到來，從人不違其言，扶柩葬于宋江墓側，不在話下。且說宋清在家患病，聞知家人回來報說，哥哥宋江，已故在楚州，病在鄆城，不能前來津送。後又聞説葬于本州南門外蓼兒窪。祇令得家人到來祭祀，看視墳塋，修築完備，回復宋清。不在話下。

却説武勝軍承宣使軍師吴用，自到任之後，常常心中不樂，每每思念宋公明相愛之心。忽一日，心情恍惚，寢寐不安。至夜，夢見宋江，李逵二人，扯住衣服説道：『軍師，我等以忠義爲主，替天行道，于心不曾負了天子。今朝廷賜飲藥酒，我死無辜。身亡之後，現已葬于楚州南門外蓼兒窪深處。軍師若想舊日之交情，可到墳塋，親來看視一遭。』吴用要問備細，撒然覺來，乃是南柯一夢。吴用泪如雨下，坐而待旦。得了此夢，寢食不安。次日，便收拾行李，徑往楚州來。不帶從人，獨自奔來。于路無話。前至楚州。到時，果然宋江已死。祇聞彼處人民，無不嗟嘆。吴用安排祭儀，直至南門外蓼兒窪，尋到墳塋，哭祭宋公明、李逵，就于墓前，以手摑其墳冢，哭道：『仁兄英靈不昧，乞爲昭鑒！吴用是一村中學究，始隨晁蓋，後遇仁兄，救護一命，坐享榮華，到今數十餘載，皆賴兄長之德。今日既爲國家而死，托夢顯靈與我。兄弟無以報答，願得將此良夢，與仁兄同會于九泉之下。』言罷，痛哭。正欲自縊，祇見花榮從船上飛奔到于墓前。見了吴用，各吃一驚。吴學究便問道：『賢弟在應天府爲官，緣何得知宋兄長已喪？』花榮道：『兄弟自從分散到任之後，無日身心得安，常想念衆兄之情。因夜得一异夢，夢見宋公明哥哥和李逵，前來扯住小弟，訴説：「朝廷賜飲藥酒鴆死，現葬于楚州南門外蓼兒窪高原之上。兄弟如不弃舊，可到墳前看望一遭。」因此小弟擲了家間，不避驅馳，星夜到此。』吴用道：『我得异夢，亦是如此，與賢弟無异，因此而來看探墳所。今得賢弟知而到來在此，最好。吴某心中想念宋公明恩義難報，交情難捨，正欲就此處自縊一死，魂魄與仁兄同聚一處，以表忠義之心。』花榮道：『軍師既有此心，小弟便當隨之，亦與仁兄同盡忠義。』似此真乃死生契合者也。有詩爲證：

紅蓼窪中客夢長，花榮吴用苦悲傷。一腔義烈原相契，封樹高懸兩命亡。

吴用道：『我指望賢弟看見我死之後，葬我于此。你如何也行此義？』花榮道：『小弟尋思宋兄長仁義難捨，恩念難忘。我等在梁山泊時，已是大罪之人，幸然不死。感得天子赦罪招安，北討南征，建立功勛。今已姓揚名顯，天下皆聞。朝廷既已生疑，必然來尋風流罪過。倘若被他奸謀所施，誤受刑戮，那時悔之無及。如今隨仁兄同死于黄泉，也留得個清名于世，尸必歸墳矣。』吴用道：『賢弟，你聽我説。我已單身，又無家眷，死却何妨。你今現有幼子嬌妻，使其何依？』花榮道：『此事不妨，自有囊篋，足以餬口。妻室之家，亦自有人料理。』兩個大哭一場，雙雙懸于樹上，自縊而死。船上從人，久等不見本官出來，都到墳前看時，祇見吴用、花榮自縊身死。慌忙報與本州官僚，置備棺椁，葬于蓼兒窪宋江墓側。宛然東西四邱。楚州百姓感念宋江仁德，忠義兩全，建立祠堂，四時享祭。裏人祈禱，無不感應。

且不説宋江在蓼兒窪，累累顯靈，所求立應。却説道君皇帝在東京内院，自從賜御酒與宋江之後，聖意累累設疑。又不知宋江消息，常祇挂念于懷。每日被高俅、楊戩議論奢華受用所惑，祇要閉塞賢路，謀害忠良。忽然一日，上皇在内宫閑玩，猛然思想起李師師，就從地道中，和兩個小黄門，徑來到他後園中，拽動鈴索。李師師慌忙迎接聖駕，到于卧房内坐定。上皇便叫前後關閉了門户。李師師盛妝向前，起居已罷。天子道：『寡人近感微疾，現今神醫安道全看治。有數十日不曾來與愛卿相會，思慕之甚。今一見卿，朕懷不勝悦樂。』

李師師奏道：『深蒙陛下眷愛之心，賤人愧感莫盡。』房内鋪設酒肴，與上皇飲酌取樂。才飲過數杯，祇見上皇神思困倦，點的燈燭熒煌，忽然就房裏起一陣冷風。上皇見個穿黄衫的立在面前。上皇驚起，問道：『你是甚人，直來到這裏？』那穿黄衫的人奏道：『臣乃是梁山泊宋江部下神行太保戴宗。』上皇道：『你緣何到此？』戴宗奏曰：『臣兄宋江，祇在左右，啓請陛下車駕同行。』上皇曰：『輕屈寡人車駕何往？』戴宗道：『自有清秀好去處，請陛下游玩。』上皇聽罷此語，便起身隨戴宗出得後院來。見馬車足備。戴宗請上皇乘馬而行。但見如雲似霧，耳

圖書在版編目（CIP）數據

水滸傳 /（明）施耐庵著．-- 北京 ：北京聯合出版公司，2012.9
（崇賢館藏書）
ISBN 978-7-5502-0908-4

Ⅰ．①水… Ⅱ．①施… Ⅲ．①章回小説－中國－明代 Ⅳ．①I242.4

中國版本圖書館CIP數據核字(2012)第158822號

ISBN 978-7-5502-0908-4

9 787550 209084 >

崇賢館微信

書名	水滸傳
著作者	（明）施耐庵 著
責任編輯	徐秀琴
出版發行	北京聯合出版公司
地址	北京市西城區德外大街83號樓9層 郵編：100088
策劃經銷	北京崇賢館世紀文化傳媒有限公司
地址	北京市朝陽區建外SOHO西區 15號樓1層1515號，郵編：100022
印刷	吴橋金鼎古籍印刷廠
開本	宣紙八開
版次	二〇一二年九月第一版 二〇一八年四月第四次印刷
標準書號	ISBN 978-7-5502-0908-4
定價	壹仟貳佰圓整（一函八册）